Valeria Sivtsova – Text

Valeriia Karachentseva – Illustrationen

Dunkle Erzählungen

Die Welt ist etwas kaputt. Ändern können wir das nicht immer.
Lasst uns einfach weiter leben!

Inhalt:

Manfred

.

Sie… haben mich gerade geduzt? Ich habe damit überhaupt kein Problem, Manfred. Gerne kannst du mich duzen!

.

Was? Anstand zum Alter? Wie Sie mögen, entschuldigen Sie bitte. Ich wollte Ihnen nicht zu nahetreten.

.

Ach, schön, dass Sie das so sehen! Da bin ich erleichtert. Dann zeige ich Ihnen meine Vorschläge für unser Projekt. Schauen Sie hier, das entspricht allen modernen Standards und ist dabei zukunftsorientiert. Hier zum Beispiel…

.

Nein, nein... das ist wirklich nötig.

.

Was erlauben Sie sich gerade mit mir in diesem Ton zu sprechen?

.

Ich verstehe. Wiederseh´n.

Werte. Beziehungen. UdSSR

Tapeten wurden einmal und für immer angeklebt. So wie man sich mit Fremden für immer verheiratet hat, ohne einen anderen Weg zu kennen, einen Sexpartner zu finden, um sich nicht irgendwo zu infizieren und nicht allein zu sterben.
Man hasste sich gegenseitig, stritt sich bis ans Ende psychischer und physischer Beständigkeit und blieb zusammen, weil es so sein musste, weil es bei allen so war.

.

Die Jugend dauerte, bis man entweder ins Ehebett gezogen wurde oder bis alle um einen herum verheiratet waren. Dann lachten die rechtmäßigen Ehemänner über andere (Frauen), weil man mit 25 noch keine Kinder hatte.

.

Man lebte für die Kinder, angeblich. Skandale mit lauten Schreien... Das Ansagerecht wurde mit Fäusten ausgehandelt. Auch du erinnerst dich daran?

.

Vor Kurzem fuhr ein Bekannter aus Charkiw zu einem halbjährigen Praktikum nach Deutschland. Er brachte seiner Familie und Freunden bei der Rückkehr solche Nachrichten mit: In Deutschland hält niemand an Beziehungen fest. Alle wechseln Partner wie Socken. Eine Bindung hat keinen Wert!

.

Und worin liegt der Wert einer kaputten Tasse? Warum muss man sie immer wieder zusammenkleben und mitschleppen? Ja, in Deutschland wachsen Kinder oft in zwei Familien geschiedener Eltern auf oder mit den

Eltern, die nie miteinander verheiratet waren. Niemand verurteilt Alleinerziehende, und niemand mischt sich in ihre Angelegenheiten ein. Kinder werden nicht geboren, um einen Misthaufen zu reparieren, und Menschen heiraten nicht, weil sie es nach einer Weile Beziehung sollten.

.

"Wenn dein Mann dich nach fünf Jahren Beziehung nicht geheiratet hat, hat er keine Achtung vor dir!"

.

"Du sollst nie den Mann deinen Freundinnen zeigen, sonst schnappen sie ihn ab!"

.

"Sag deinem Mann nie, dass es dir schlecht geht. Männer mögen keine Probleme."

.

"Wenn du mehr verdienst als der Mann, sollst du das verheimlichen."

Und das alles im 21. Jahrhundert auf dem gesamten ex-Sowjetgebiet. Das sind Ratschläge, die so genannte weisen Frauen befolgen und weitergeben.

.

Diesen post-sowjetischen Mentalitätsansatz, sich bis ans Ende des Lebens ins Unglück zu stürzen, müssen wir herausreißen. Herausziehen, mit schwerster Chemie zuschütten und nach vier Stunden mit einem Wasserschlauch wegspülen.

Vera, Novi Sad, 90 Jahre alt

Das Wichtigste ist Respekt in der Familie. Respekt. Mein verstorbener Mann hat mich immer respektiert; ich war wie die First Lady. Ich liebte es, bei Festen zu tanzen. Wir haben so viel getanzt, einfach nur getanzt! Da sind Freunde, das ist das Leben.

Und hier auf diesem Foto bin ich 19 Jahre alt. Das hier ist unser erstes Kind. Schaut euch diese Augen an, er lebt jetzt in Belgrad. Und meine Enkelinnen sind in deinem Alter, Valeria.

Und wie mein verstorbener Mann und ich geheiratet haben, das ist eine Geschichte für sich. Ich war 18 Jahre alt, ich hatte noch nie einen Freund gehabt und dachte überhaupt nicht darüber nach. Ich arbeitete in der Empfangshalle eines Zahnarztes. Er kam herein, sah mich an. Ich war hübsch, hier ist ein Foto, und fragte, ob ich verheiratet sei. Ich war schockiert und sagte nein. Da sagte er, ich dann seine Frau werde.

Ich war schockiert und fing an zu streiten, dass ich nicht will, dann ging er weg. Ich dachte, das war es, aber er erfuhr dann durch Bekannte, wo meine Eltern wohnten, und kam, während ich auf der Arbeit war, um meine Hand anzuhalten und zu sagen, dass wir heiraten wollen und um Erlaubnis bitten.

Ich kam von der Arbeit nach Hause, und er war da. Vor Ort erklärten sie mir, dass ich einen anständigen Mann heirate. Ich weinte, wollte nicht, versuchte wegzulaufen... Aber nach einem halben Jahr war unsere Hochzeit, und Gott sei Dank, sonst hätte ich nicht solche Kinder, Enkel und sogar Urenkel!

Jemand lügt

Sie spricht leise, wenn überhaupt. Die Hände greifen einander und wandeln von Seite zu Seite. Dann nach unten. Das Schlimmste wäre geschafft, sagt die Erzieherin. Alles wird gut.
Ihre Schwester weint auf dem Bett, welches vor drei Monaten frisch bezogen wurde. Auch der kleine Bruder weint. Wo ist unsere Schwester? Der Vater weint im Nebenzimmer. Er hat ihr nie etwas Böses angetan.
Drei Tage Heim. Nach drei Tagen muss sich alles entscheiden. Aber die Erzieher bestehen darauf, sie im Heim zu behalten. Das Schlimmste wäre geschafft, sagen alle Erzieher.
Ich komme wie immer nach der Vereinbarung. Ich wusste nichts. Ich hätte es ahnen können. Zwei Wohnungen, vier Kinder, zwei erwachsene Kinder, zwei Ehefrauen, ein Ehemann.

Die Sechs! Ihr drohte eine sechs und sie weinte. Wer weint denn mit vierzehn wegen einer ankommenden Sechs!?
Der Vater legt mir das Schreiben des Jugendamtes vor. Seine süße, hübsche und verantwortungsvolle Tochter ging zur Polizei und sagte, dass sie Angst hätte, nach Hause zu kommen. Dort gibt es Prügelei, sie muss für alle anderen Kinder zuhause die Verantwortung übernehmen.
Er schaut mich an. Sagt, er habe sie nie geschlagen, und ich sehe kein lügendes Gesicht. Die Schwester sagt – nein, sie wurde nie vom Vati geschlagen. Und ich kann ihr glauben. Und mir ist aber klar – jemand lügt. Wer? Zum sich Raushalten ist es bei mir zu spät.

Mein Albtraum

Heute Nacht hatte ich einen Albtraum. Es war wirklich beängstigend. Ich schlenderte die Straße entlang, während leichter Regen fiel. Auf der belebten Hauptstraße gingen viele Leute in beide Richtungen. Plötzlich bemerkte ich diesen widerlichen Typen und sie. Ich wandte sofort den Blick ab, in der Hoffnung, dass ich unentdeckt geblieben war.

Doch dann begann dieser Mensch sich in mein Leben einzumischen. Nachrichten blockierte ich, Anrufe ignorierte ich. Er drohte damit, mich zu finden, und verbreitete Angst in mir. Ich geriet in Panik, begann Fehler zu machen, blamierte mich bei Sitzungen und zog mich zurück aus Angst, noch einmal in meiner geliebten Stadt entdeckt zu werden.

Was wollte er noch von mir nehmen? Meine Schönheit, meine Gesundheit, meine Chance, Kinder zu bekommen? Das nahm er mir bereits.
Was noch, und wie konnte das alles so wenig bedeuten? Die Angst umhüllte mich... und nun fühle ich nur noch Abscheu. Abscheu gegenüber meinem Unterbewusstsein, das aus mir irgendeinem Grund einen so grauenhaften Traum projiziert hat.

Früher dachte ich, ich wäre zu einem Mord fähig, aber in Charkiw fragte mich eine Freundin, ob es nicht besser für mich wäre, irgendwann einfach zu erfahren, dass er tot sei. Ich antwortete sofort: ja, das wäre es. Aber je schneller, desto besser. Es wäre aber auch sehr unangenehm gewesen, dass jemand aus meiner Umgebung seinetwegen zum Mörder geworden wäre.

Novi Sad. Flügel ohne Vögel

Mittagessen. Köpfe auf dem Boden, Flügel auf dem Tisch. Schön. Kein Blut, alles ist sauber. Zum Mittagessen gibt es drei Tauben, zum Frühstück und Abendessen nur Gemüse.

.

Er freut sich sehr darauf, spazieren zu gehen und saubere Flügel ohne Blut auf der Straße zu hinterlassen. Deshalb liest er alle Neuigkeiten aus Novi Sad im Internet. Er freut sich sehr, wenn er nur daran denkt, dass jemand seine Arbeit sieht, und es wird ihm klar sein, dass diese Flügel die Arbeit eines Menschen sind, nicht einer Katze oder eines Hundes.

Jeden Tag sehen die Flügel besser und besser aus. Gute Arbeit. So war es. Es hatte keinen Körper, nur Flügel. Eines Tages wird jemand darüber in der Zeitung schreiben, im Fernsehen wird darüber gesprochen werden, und er wird inkognito sein, ein anonymer Star, wie Superman, aber der schlechte.

Aber niemand hat seine Arbeit gesehen. Nur zwei Mädchen, die nicht aus Novi Sad, sondern aus der EU sind. Nur sie dachten, dass es keine Arbeit einer Katze oder eines Hundes, sondern eines Menschen ist. Und das war für sie sehr schrecklich.

Aber er wusste nichts davon. Schon seit zwei Jahren fängt er Vögel und schmeißt ihre Flügel im Stadtzentrum aus. Ohne offensichtliches Ergebnis. Heute beschäftigt er sich in Novo Naselje, etwas weiter aber noch in Novi Sad. Er wartet. Und bereitet neue Flügel vor und betet zu Gott, dass er irgendwann ein Held wird, furchterregend und anonym.

Fantasie und Humor

Ich habe eine lebhafte Fantasie, sogar eine sehr ausgeprägte. Deshalb habe ich keine Freundin. Ich mag eine bestimmte Person, aber ich denke, sie hat einen Freund oder mehrere Freunde. Ich weiß das nicht sicher, denn ich frage sie nicht danach. Und warum sollte ich auch? Warum ihr schreiben? Ich habe Fantasie, damit werde ich leben.

Ich habe Humor, mit dem ich schon lange lebe. Ich küsse niemanden und schlafe seit über fünf Jahren mit niemandem. Humor hilft mir, wenn diejenige, die ich mag, mir eine Woche lang nicht schreibt. Das bedeutet wahrscheinlich, dass ich für sie nicht interessant bin. Humor hilft, sich mit einem Witz über jemand anderen abzulenken. Ich werde auch nicht schreiben. Und warum auch? Ich habe Humor, damit werde ich leben.

Der Spiegel

Der Spiegel sagte, dass ich hässlich sei. Es war nicht einmal Spiegel, sondern das Schaufensterglas.
- Komm, lass uns weitergehen! Du wirst nichts Neues sehen. Du bist nicht hässlich!
Ich dachte wirklich, sie sei eine enge Freundin ... - ich glaube dir nicht, ich-glaube-dir-nicht. Aber laut sage ich:
- Ich habe gerade ein lustiges kroatisches Wort gefunden, eee.. menta bedeutet Minze. Lustig! Komm..

***

Die Freundin sagte nichts mehr. Das war das zehnte Mal, dass ich etwas gefunden hatte, was als Spiegel für mich diente. Das Mädchen im Spiegel war so hässlich wie nichts auf der Welt..

*****

Vor drei Tagen zeigte jeder Spiegel etwas ganz anderes, ein hübsches Mädchen.
Das ist nur eine Geschichte darüber, welche Macht ein einziges Wort haben kann.

Der Paradiesvogel

Es lebt auf der Welt ein Paradiesvogel. Ein wunderschöner und stolzer Vogel. Er wurde geliebt, und man liebte ihn.

Eines Tages entschied sich der Paradiesvogel, sich von den Menschen loszusagen, die ihn liebten, und floh. Er floh auf das Land, in ein Dorf, auf einen Bauernhof und dachte, es sei für ihn viel besser, sich von denen fernzuhalten, die er nicht mehr kennen wollte.

Der Bauer, kein besonders gebildeter Mensch, schenkte der Tatsache keine Aufmerksamkeit, dass ein Paradiesvogel ein seltener Vogel ist. So sperrte er ihn in den Stall mit den Puten und Hähnen ein.

So lebte der Paradiesvogel im Stall mit dem Vieh. Die Puten und Hähne wussten, dass er einer fremden Rasse angehörte, unterhielten sich jedoch trotzdem mit ihm. Der Paradiesvogel gewöhnte sich im Laufe der Zeit daran und vergaß, wie es ist, ein Paradiesvogel zu sein. Wie sollte er auch, wenn er jeden Tag mit den Puten aus einem Napf frisst? So wurde der Paradiesvogel fast zu einem Huhn oder einer Pute. Seelisch fühlte er eine Trauer, denn keiner schätzte ihn; er war hier einfach einer aus der Masse, einfach einer anderen Rasse. Doch dort, wo er herkam, schätzte man ihn und wusste seinen Wert. Mit der Zeit verlor er sein Selbstwertgefühl und lebte ruhig von der Futterstelle bis zum Schlafplatz.

So wurde an einem schönen Tag eine Kindergartengruppe auf den Bauernhof geschickt. Die

Kinder spielten auf dem Hof, freuten sich, schauten sich die Kühe, Schweine und anderes Vieh an.

Ein Mädchen stellte sich am Zaun des Stalls, wo die Zuchtvögel lebten. Andere Kinder bemerkten das Interesse des Mädchens und kamen ebenfalls zum Zaun.

Auf einmal sah das Mädchen nicht weit vom Zaun entfernt einen bescheidenen und kleinen... Paradiesvogel. Einen solchen hatte sie schon einmal in einem Kinderlexikon gesehen.

"Schaut hin, wie wunderschön er ist, das ist doch ein echter Paradiesvogel!"

"Nein," glaubten andere Kinder nicht, "das ist doch nur eine Pute, bloß ein komischer."

"Aber schaut doch...!" Doch die anderen Kinder gingen schon desinteressiert weg vom Zaun. Das Mädchen blieb.

Und so angenehm wurde es auf der Seele des Paradiesvogels, so dankbar war er dem Mädchen, das ihn wirklich gesehen hatte. Er hatte doch völlig vergessen, wie es ist, wenn man seine Schönheit schätzt. Er richtete sich auf und lief zu dem Mädchen, wobei er ihm in die Augen schaute, bittend ihn zu streicheln.

Das Mädchen freute sich, was für ein toller Paradiesvogel: schön, schlau, freundlich! Und sie streichelte ihn.

So verbrachte sie die ganze Zeit am Zaun ihres neuen Freundes. Als die Erzieherin dann die Kinder zum Rückweg sammelte, versprach das Mädchen, den Vogel wieder zu besuchen.

Als sie wegfuhr, erinnerte sich der Paradiesvogel warmherzig an diesen schönen Tag. Er erinnerte sich, dass er gar kein Huhn oder eine Pute war, sondern ein seltener und schöner Vogel. Und so fing er an, stolz durch den Stall zwischen den Hähnen und Puten herumzulaufen, den Kopf hochhaltend.

Als das Mädchen mit ihren Eltern wieder auf den Bauernhof kam, war der Paradiesvogel schon anders. Jetzt hielt er sich selbstsicher, breitete seinen bunten Schwanz herrlich aus.

Das begeisterte Mädchen kam an den Zaun und zeigte ihren Eltern:

"Schaut, er ist so wunderhübsch, der Schönste auf der ganzen Welt!"

"Ja," sagte der Vater, "schön ist er, aber nicht der Schönste auf der Welt."

"Hast Recht," sagte die Mutter, "wirklich ein hübscher Vogel, ein stolzer, aber von solchen gibt es auch noch schönere."

"Wie könnt ihr das nicht verstehen? Er ist der Beste, so ein Schöner, Netter, Freundlicher!"

Die Eltern zuckten mit den Schultern und setzten sich auf eine Bank.

Der stolze, schöne Paradiesvogel hörte, was das Mädchen sagte, und trat näher an den Zaun heran, erlaubte ihm, sich von der Nähe anzusehen.

Das Mädchen vermisste den Vogel so sehr und wollte ihn wieder streicheln, dass sie die Hand zwischen die Zaunstäbe steckte.

Der Paradiesvogel dachte: "Was für eine Unverschämtheit! Sie will schon zu mir über den Zaun klettern, zu mir, zu einem so seltenen und wundervollen Paradiesvogel!", und schlug mit dem Schnabel stark und schmerzhaft auf ihre Hand.

Das Mädchen brach in Tränen aus, so schmerzvoll und beleidigend war für sie die Reaktion des Paradiesvogels. Die Eltern begannen, die Tochter zu trösten: Es sei nichts Schlimmes passiert, alles werde gut, du solltest den Vogel einfach nicht erschrecken, er sei doch nur ein Vogel, er verstehe dich nicht, und er sei nicht der Schönste, wir fahren bald in den Zoo, und dort wirst du auch andere Paradiesvögel sehen, die noch viel schöner sind! Du wirst im Leben schon einmal den schönsten Paradiesvogel sehen.

Als die Familie wegfuhr, stand der Paradiesvogel noch lange stolz am Zaun und lief hochmütig durch den Stall. Es tat ihm gut zu fühlen, wie unerreichbar, bewunderbar und schön er doch war.

So verging die Zeit. Das Mädchen fuhr nicht mehr auf den Bauernhof, aus Angst, wieder verletzt zu werden. Sie weinte nicht mehr, sondern lebte und freute sich über jeden Tag des Lebens. Dabei erinnerte sie sich nur an das Gute, an den lieben Paradiesvogel; alles andere strich sie weg. Sie spielte mit den Kindern auf der warmen Sonnenwiese, lachend und strahlend.

Auf den Bauernhof kommen jetzt verschiedene Menschen, schauen sich das Vieh an, aber die besondere Schönheit des Paradiesvogels merkt entweder keiner, oder man sieht und merkt, dass es so einen Vogel gibt und nichts weiter. So lebt jetzt der Paradiesvogel weiter im Huhn- und Putenstahl. Er muss sich jetzt wieder lernen, wie die Masse zu leben, weil ja bestimmt nicht bald kommt jemand, der ihn wirklich sieht.

Der Betonbau

Es ist längst an der Zeit, sich daran zu gewöhnen, dass die Beton-Zwillinge in Wohngebieten nur einfache Kästen sind. Sie übernehmen keine Verantwortung für die Ästhetik der Stadt. Sie sind Schlaf-Boxen, morgens aufstehen, Kaffee trinken, funktional, ohne überflüssige Absicht. Und es gibt keine Energie, das sind nur unsere Assoziationen, uns, den Kindern dieser "von A nach B", vom Sofa zum Bett. In einem der Wohnviertel der Stadt Halle, das nicht nur von den Noten aller Arten von Hochkunst, sondern auch von der Blockromantik der Beton-Zwillinge durchdrungen ist, die eng an die Leinwand über die DDR erinnern, ist es Zeit, Abschied zu nehmen. Die Mauer brach ein, und aus den Betonkästen kamen Menschen heraus, die von etwas Besserem träumten. Die Betonkästen schienen geradezu dafür gebaut zu sein, sich der Erde, dem Vergessen hinzugeben. Mit jedem Schlag zerstörten sie die Vergangenheit vieler Menschen, und aus diesem trügerischen Gefühl scheint es keinen Ausweg zu geben. War alles oder war nichts? Wie das Gras an der Stelle des Hauses flüstert: "Wir haben im Leben nie von einem Haus gehört." Und das stimmt doch! Du wirst nichts an dieser Stelle erfassen können. Ein Kind, was du warst, wird nicht auf dich zukommen und auch nicht mit dir reden.

Gestern stand ich mit Chris auf dem Balkon, und während ich eine Zigarette rauchte, zogen mich wieder diese Gedankenstrudel mit. Chris ist hier aufgewachsen. "Es ist ein schreckliches Gefühl," seufzte er, "mein ganzes Leben wurde einfach der Erde übergeben, und

obwohl Bäume und Parks anstelle meines Hauses und meiner
Schule im Allgemeinen geblieben sind, kann ich jetzt nicht einmal mehr sagen, wo der Eingang und wo welcher Klassenraum war. Ich kann nur ungefähr die Stelle bestimmen, wo etwas war."

.

Mir wurde einmal ein Traum über das Haus geträumt, in dem ich lebte, die erste Wohnung in Deutschland in einem Block im fünften Stock, meine riesiges erstes Graffiti, meine ersten "Ahs!" und "Wow!" beim Erlernen der deutschen Mentalität. Mein Kater fiel vom Balkon und starb qualvoll nach 4 Tagen, und jetzt ist dort Gras. Ich habe Fotos gesehen, dort ist einfach verdammtes Gras, als ob nichts gewesen wäre. Und mein Liebling hätte nirgendwo hinfallen können. Es blieb nur ein Grab in der Nähe.

Ich hoffe, der Tod ist nicht nur das Zusammenschnüren der Muskeln, und es ihm gut.

Der Markt

Irgendwann werden die Menschen aufhören, wie auf einem Markt zwischeneinander herumzulaufen, an Fleischtheken, um sich einen festen Hintern oder eine weiche Brust auszusuchen. Genau in diesem Moment wird ein neuer Trend auftauchen, über den man nur spekulieren kann. Doch bis dahin, während sie ihre Körperteile mit Öl einreiben, steht der Teufel hinter dem Tresen und wedelt die Fliegen mit einem langen schwarzen Tuch weg. Hier wird nicht mit Geld bezahlt, sondern mit Lebenskräften und Nerven. Mädchen und Jungen kommen zum Tresen, ohne einander zu bemerken, suchen sie nach der wunderbaren Frucht ihrer Fantasie, drängeln sich vor, bieten ihre eigenen Teile für dieses oder jenes Stück an. Der Tag vergeht. Der Teufel packt seine Einnahmen ein, deckt seine Waren ab und geht in die Nacht. Und nachts ist seine Lieblingsmusik das Weinen und die Verletzungen der Menschen. Er reibt sich die Hände: Alles ist auf der Erde, Leute, alles ist auf der Erde."

Es gibt nichts

Wie geht es dir? Die Wellen der Esoterik werden dich nicht erreichen, denn es gibt keine Esoterik. Und es gibt keinen Gott. Es gibt nur uns, ungebunden aneinander, und wenn du heute nicht hier bist, kann ich nur raten, wann du die Zahnpasta aus der Tube drückst, wenn du etwas tust, was du tust. Das alles ist meine Fantasie. Keine Wellen, keine Bindungen. Es gibt nur mich und meine Welt. Und genauso, wie du Zahnpasta ausdrückst, spritze ich in Microsoft Word. Es gibt nichts und niemanden. Es gibt nur mich und meine geschlossenen Augen. So ist es. So soll es sein. Es sollte sein, weil ich es so entschieden habe. Das ist meine Welt. Aber wie geht es dir? Ich öffne wieder die Augen und sehe mich im Raum um. Gut, dass es leer ist. Anders konnte es nicht sein. Wieder legt sich amüsiertes "Colgate" in meinem Kopf auf die Bürste. An diesem Morgen beschloss ich - ich lass es durch meinen Kopf wehen, lass es gehen.

Es sind keine Esoterik, kein Gott, keine Fäden.

Ein Leben auf dem Stuhl

Sie sitzt auf einem unbequemen Stuhl. Dieser Stuhl missfällt ihr seit Jahren, aber das Einzige, was sie unternommen hat, um aufzustehen, war sich bei den Nachbarn zu beklagen, die auf bequemeren Stühlen neben ihr sitzen, als ihr Leben einst bedroht war, und darüber, welcher ihrer Männer in welcher Phase schuld ist. Der Beginn der Zweitausenderjahre erinnerte an das Ende der Neunzigerjahre. Der Stuhl hat sich nicht verändert, nichts hat sich verändert. Hinter den Fenstern wechselte das Wetter, aber das Sortiment blieb stabil. Sie konnte die weltweite Ungerechtigkeit immer weniger ertragen. Die Politiker taten nichts für das Land, der Briefträger trank immer noch, und ihr Mann schlug... Ihr schien, als ließe sich diese Ungerechtigkeit nicht mehr ändern, aber sie könnte es, wenn sie damals nur... - "Next, bitte", piepste eine Stimme am Fenster und unterbrach ihre Gedanken. - "Ja, natürlich", und sie legte das Bestellte hin. Nein, diese Welt ist definitiv nicht zu retten, schüttelte sie den Kopf.

Der Held der Sowjetunion

Eines Tages fanden zwei Teenager, Alissa und Sascha, einen großen Koffer der bereits verstorbenen Anna Pawlowna Bjelajewa, der Mutter der Freundin von der Tante Tanja Bjelajewa. Die beiden begannen, voller Neugier, den Koffer zu durchsuchen und sich verschiedene interessante Dinge anzusehen. Saschas Blick fiel sofort auf ein Album, in dem er Ausschnitte, Fotos und verschiedene Aufzeichnungen über den Helden der Sowjetunion Pjotr Werschinin sah, der damals nicht nur in dieser Stadt, sondern im ganzen Land bekannt war.

"Alissa, ich verstehe nicht, warum es hier so viele und ausführliche Informationen über den Werschinin gibt? War seine Familie Fan von ihm oder war er irgendwie mit dieser Familie in Verbindung gebracht?", fragte Sascha und ging in ein anderes Zimmer.

"Hm..", sagte Alissa und ging ihm nach. "Vielleicht", sagte sie nach einer kurzen Pause.
"Ach komm schon!", sagte Sascha so fasziniert, dass er ihr folgte, "das sind doch Freunde deiner Familie!"

"Sie ist seine Tochter."

"Wer? Tante Tanja?", Sashas Augen leuchteten auf. "Und das sagst du erst jetzt! Warum hast du das nicht früher gesagt, dass sie seine Tochter ist? Ich hätte ein Autogramm von ihr bekommen! Stimmt es wirklich, dass sie seine Tochter ist?"

"Ich weiß es nicht, ich habe es einfach so gesagt."

Anna Pawlowna Bjelajewa war keine gewöhnliche Frau. Sie war eine wahre Schönheit, klug und geschickt im Haushalt. Sie lebte ein glückliches Leben, auch ohne je zu heiraten. Ihre Tochter wuchs nur mit der Mutter auf - die geliebte Tanja von einem geliebten Menschen, dem sie ihr ganzes Leben lang unendlich dankbar war. Sie war stolz auf den Vater ihres Kindes, aber erwartete nicht von ihm. Sie liebte ihn einfach für sich und gab ihre Liebe an das Kind weiter. Der Vater erhielt natürlich die Nachricht, dass er eine Tochter hatte, beteiligte sich aber nicht an ihrer Erziehung, und Anna verlangte es auch nicht von ihm. Es reichte ihr, was sie hatte.

Tanja, die ohne Vater aufwuchs, sah die Situation anders. Sie sah ihre Mutter, die Informationen aus Zeitungen herausfischte und Fotos sammelte, die sich nicht für andere Männer interessierte, sondern einfach die vergehenden Jahre an der stillen Liebe verlor. Sie wollte nichts über ihren Vater wissen, sie verachtete seine Gleichgültigkeit sowohl sich selbst als auch ihrer Mutter gegenüber. Es war ihr egal, worauf das ganze Land stolz sein könnte, sie wollte weder über ihren Vater noch über irgendeinen Helden etwas wissen oder hören.

Suizid/Gegenseitige Hilfe. Jetzt und vor 20 Jahren. Wahre Begebenheiten

Wir spazierten mit einer Gruppe durch Merseburg. Eine wunderschöne Stadt. Aber meine Begeisterung endete abrupt, als plötzlich A. anrief. Sie war in keinem guten Zustand, sie wechselte zwischen Weinen und Lachen und flehte mich an, sofort zu ihr nach Berlin zu kommen.

Es waren bereits einige Wochen vergangen, seit A. sich von ihrem Freund getrennt hatte, mit dem sie 5 Jahre zusammen war. Verstandesmäßig wusste sie, dass es besser so war, aber ihr Unterbewusstsein trieb sie in Extreme. Alkohol und Drogen halfen, aber nur kurzzeitig und mit schlimmeren Folgen. Da A. bereits Panikattacken hatte, wurde mir klar - professionelle Hilfe war notwendig. Meine Unterstützung sollte genau darin bestehen.

Aber A. war nicht in der Lage, auch nur ihr Zimmer zu verlassen. Ich riet ihr, einen Krankenwagen zu rufen. Sofort hatte A. Bedenken, ob sie deswegen ausgelacht würde oder ob es Probleme bei der Arbeit geben könnte, falls bei ihr eine Diagnose gestellt würde. Glücklicherweise kannte ich die Antworten und konnte sie beruhigen.

Um vorzugreifen: Eine Woche später wurde A. entlassen und es ging ihr wirklich besser.

Zurück in Merseburg. Der Verwandte, mit dem ich unterwegs war, machte sich über meinen Vorschlag lustig, dass A. einen Krankenwagen rufen soll. Er sagte: Jeder macht schwierige Trennungen durch und muss alleine damit fertig werden.

Und nun gehen wir 20 Jahre zurück. Die Mutter dieses Mannes begeht Selbstmord und hinterlässt zwei Söhne. Heute versteht er, dass, wenn ihre Mutter rechtzeitig wegen ihrer Depression behandelt worden wäre, diese schreckliche Tragödie wahrscheinlich nicht passiert wäre.

Aber an wen hätte sich diese Frau wenden können? An Freunde und Verwandte, die ihr gesagt hätten, oder besser gesagt ohne "hätten": Was redest du da für einen Unsinn! Bei allen ist das Leben gleich! Jeder muss alleine klarkommen. Geh nach Hause.

****

Wie viele Menschen hätte man retten können, wenn es nicht an Unwissenheit läge?

******

Nachdem ich den Post im Jahr 2020 veröffentlichte, kommentierte seine Frau, dass ich mich gar nicht in der Situation mit seiner Mutter garnicht auskenne und daher keine Schlüsse ziehen kann.

Wenn der Fluss austrocknet

Eine Kurzgeschichte 18+ in 8 Kapiteln und Triggern.

KAPITEL 1. DAS GEDICHT

Fake Verhalten (05.12.2019)

.

Ich drücke ein Auge mehrmals zu,
ich laufe taub vorbei.
Erlaube mir nicht zu handeln und nun
verstecke mich in Heuchelei.

.

Nein, ich bin dir kein böser Mensch.
Dein Leid macht mir mein Herz sehr schwer.
Ich sehe nur heute zu, glaub mir, echt!
Ich tarne mich. Plane viel mehr.

.

Ich sehe und fühle, doch reicht es oft nicht,
dazwischen zu kommen sofort.
Ich hole dich raus, ich denke an dich.

Ich gebe dir mehr als mein Wort.

.KAPITEL 2. DIE GESCHICHTE DAZU

Das Gedicht wurde in Katalonien geschrieben. Damals arbeitete ich in einem kleinen Städtchen T. in einem Zentrum für Kinder aus sozial schwachen Familien und in einem Museum. Eine Mutter E. holte ihre Tochter V. dort ab und wir kamen ins Gespräch, da wir beide ursprünglich aus der Ukraine kommen. Wir wollten uns auch auf einen Kaffee treffen. Alles war sehr nett und wir haben unsere Nummern ausgetauscht.

.

Nach ein paar Wochen hatte ich mich mit meiner ganzen WG zerstritten. Es blieb nur eine Woche Zeit dort, Hostels waren dort nicht vorhanden, nur ein teures Hotel, was ich mir überhaupt nicht leisten konnte. Meine ansässigen Betreuer dachten, wenn sie mir nicht helfen, dass ich mich beruhigen werde und in der WG bleibe, aber mir war es unter der Brücke lieber. Diese Möglichkeit habe ich auch tatsächlich in Betracht gezogen. Aber dann habe ich mich plötzlich an E. erinnert und sie war offen genug, um mich bei sich schlafen zu lassen, auch ohne Geld. Dieses habe ich ihr aber in großer Dankbarkeit trotzdem gegeben, so viel ich konnte.

.

E. hat zwei Töchter. Eine K., so alt, wie ich, aber die allein wohnte und ich sie damals nicht kennenlernte, und die V. vom schon benannten sozialen Zentrum. Als ich zu E. zog, habe ich verstanden, warum sie dahin geht. Es kamen mir immer wieder Eltern in den Sinn, die ihre Kinder abholten: mit einer rauchender Zigarette und sofort schreiend, alkoholisiert usw.. E. war eine tagtägliche Alkoholikerin und ist sie immer noch bis heute, im Jahr 2023 habe ich erfahren, dass die ständige Besoffenheit nicht das Allerschlimmste war.

.

V. war damals 8 Jahre alt. Ein hübsches Mädchen, welches so hässlich unterdrückt wurde, beschrien und geschlagen, dass ich vor Schock nichts, absolut gar nichts getan habe. Als E. ihre Tochter bedroht hatte, dass sie sie mit einem Gürtel schlagen wird und die Hände an ihren Bauch gelegt hatte, schrie V. nicht leiser als ein Tier, welches geschlachtet wird. Dabei ist sie nach hinten gefallen und ist aus der Küche rückwärts gekrochen. Auch wollte sie nicht zu ihrem Vater und hat weinend darum gefleht, zu Hause zu bleiben. Laut E. war ihr Vater ein Drogenhändler. Um zu beweisen, wie krank er im Kopf war, zeigte E. mir zerbrochene Gläser, kaputte Türen und zählte alle ihre körperlichen Missstände dadurch. Es haben auch Nachbarn die Polizei gerufen. E. erzählte, dass er unter Drogen sie wieder Mal angegriffen hatte, aber als die Polizei da war, hat sie nur ihren alkoholisierten Zustand notiert, da sie auch aus Versehen mit einem Pfefferspray sich selbst, anstatt ihren Partner zu besprüht hat. Tag für Tag wächst V. in dieser Hölle auf. Ich habe mir versprochen, sie daraus zu holen und für sie zu sorgen. Es blieb aber bei diesem Gedicht. Ich versuche mir das heute deswegen zu verzeihen, da es auf der Welt so viele Kinder gibt, die ohne Liebe, dafür aber mit allen Formen von Gewalt aufwachsen und jedes Kind oder jeder oder jede Jugendliche verdient es, umsorgt und geliebt zu werden.

KAPITEL 3. DAS VERSPRECHEN IM GEDICHT

.

Ich antworte meistens schnell, wenn ich angeschrieben werde. Meistens. Auf langwierige Sprachnachrichten reagiere ich entweder nicht sofort und höre es nicht zu Ende oder schalte Menschen auf stumm. So war es auch mit den Nachrichten von E..

.

Sofort, als ich damals im Jahr 2019 in Deutschland gelandet bin, habe ich ihr nicht mehr geantwortet, oder nur auf manche Kommentare unter meinen Fotos oder Videos. Die ersten Monate habe ich tagtäglich Pläne geschmiedet, wie ich V. daraus holen kann. Mein Job damals, wie ich es jetzt verstehe, würde geldmäßig für uns beide nicht reichen, also war es auch unrealistisch, keiner hätte mir das Kind gegeben auch unter dem Einverständnis der Mutter, welches ich schon bekommen konnte bei einem Fläschchen Wein. Irgendwann habe ich mich beruhigt und nicht mehr an V. gedacht. Vielleicht war es meine Hilflosigkeit, vielleicht die Faulheit.

Der Zufall wollte es so, dass ich einen Jungen aus einer sehr ähnlichen Familie zu mir genommen habe und mich um ihn genauso gekümmert habe, wie ich es mir mit V. damals versprach. Das ist eine 10 Monate lange Geschichte, auf die ich mein Leben lang stolz sein werde. Egal, wie es ausging und auch wenn wir getrennte Wege gegangen sind, weil ich nicht mit allen Folgen seiner höllischen Kindheit leben konnte, werde ich immer darauf stolz sein, wie gut ich ihn betreut habe: wir sind zusammen gereist, ich zeigte ihm, dass die Welt auch anders und schöner sein kann als davor, ich bezahlte seine Psychotherapie und eine IT-Ausbildung. Die meiste Zeit waren wir auch ein perfektes Team. Ich sehe es erst jetzt, aber auch V. hätte ich auch nicht die ganze Zeit umsorgen können. Ihre Vorgeschichte würde mich genauso überwältigen. Heute bin ich wieder an dem Punkt gelandet, dass eine Verantwortung über ein Kind oder einem/einer Jugendlichen ich zwar übernehmen kann, aber nicht mehr will, da mein Leben für mich selbst dann eingeschränkt wird.

KAPITEL 4. ANKUNFT IN T.

Ich fahre mit dem Bus nach T. aus Barcelona. Es sind fünf Jahre vergangen, aber es fühlt sich an wie vorgestern. Ich habe versucht, alle Bekannten zu erreichen. Eine Träne fiellt mir wieder auf die Wange – die soziale Aktivistin V.A. hat den Kampf gegen Krebs vor drei Jahren verloren. Ja, ich sah sie in einer Mütze komplett ohne Haare, aber sie hat so viel Leben ausgestrahlt, dass es mir nie in den Sinn gekommen ist, dass sie jemals sterben kann. V.A. machte die kleine Stadt zu einer Kultur- und Kulturtransferstadt. Sie sorgte für Auslandsaustauschprojekte für junge Menschen, half,

Menschen mit allen möglichen Behinderungen und Einschränkungen einen leichten Beruf zu erlernen und sorgte selbst, unter anderem in eigenen kleinen Fabriken, für Arbeitsstellen für diese Menschen. Sie eröffnete auch ein gutes Restaurant, wo nur Menschen mit Besonderheiten arbeiten.

Die Mitarbeiter der Kindereinrichtung erreichte ich leider auch nicht, wahrscheinlich weil sie schon in Urlaub gegangen sind, und der Museumsdirektor hat sich wahrscheinlich vor mir versteckt (warum, darüber irgendwann anders). So traf ich nur E. an der Bar M.. Sie war glücklich, mich zu sehen, ich hingegen fühlte mich verpflichtet, sie zu treffen aufgrund ihrer damaliger Hilfe. Sie hat vor einer Stunde angefangen zu trinken und es war um zwölf Mittags. Ich bestellte mir eine Cola und begründete es damit, dass meine Medikamente sich mit Alkohol nicht vertragen. E. hat mir ihre größte Sorge anvertraut – ihre Tochter, die in meinem 30-er Alter ist, ist eine Alkoholikerin. Sie trinkt jeden Tag bis zum Umfallen, hat sich gerade mit ihrem Mann gestritten und wohnt bei ihr. K. geht nicht arbeiten und isst, trinkt, benutzt Strom und Wasser auf ihre Kosten und sie selbst verdient nicht viel als Kellnerin in der Bar M.. E. hofft, dass ich mit ihr reden und sie damit beeinflussen kann. Vor allem ist E. verärgert, dass K. überall rumerzählt, dass sie selbst Alkoholikerin sei.

KAPITEL 5. DIE WOHNUNG UND DAS MITTAGESSEN

Jamon, gelesen Chamon, ist ein ganzes geräuchertes Bein vom Schwein. Es steht auf dem Tisch. E. macht viel verschiedenes Essen. Ihre beiden Töchter kommen in das Zimmer. Die jüngste V. umarmt mich und scheint sich wirklich an mich zu erinnern. K. kommt auch. Es spielen Musikvideos russischer Mainstreammusik. Auf der Wand hängt ein Gemälde, das ich hier vor fünf Jahren gemalt und gelassen habe. K. kam gestern gerade so durch die Tür und musste von der 12-jährigen V. ins Zimmer transportiert werden. Unter den Augen von K. befinden sich zwei dunkle Halbkreise. E. fängt an K. wegen gestern zu beleidigen, dabei zieht sie aus dem Kühlschrank eine Flasche Wein. K. bemerkt, dass E. auch jeden Tag trinkt, worauf die Mutter antwortet, dass sie auch Geld dazu verdient und überhaupt, heute ist ein besonderer Tag, dass ihre Freundin zu Besuch gekommen ist. Dabei gießt sie sich und K. den Wein in die Teetassen.

Nach zwei Stunden ist die Mittagspause vorbei und wir (ich, E. und K.) gehen wieder in die Bar M..

KAPITEL 6. KEINE FREUNDE UND DIE TRÄNEN

Tatsächlich finden ich und K. eine Gesprächsebene. Sie ist nun geschminkt und sieht gut aus. Die Mutter gießt ihr ein Bier nach dem anderen. Wir sprechen über Menschenbeziehungen und ich sage, ich habe wirklich das Glück, dass ich ganze sieben richtige Freund*Innen habe und verstehe, dass definitiv keine Mehrheit der Menschen das von dich behaupten kann. Sie sagt, sie hat keine, will es aber sehr. Ich frage, was sie denkt, warum sie keinen Menschen an sich ranlässt. Mama sei ihre einzige Freundin. Sie fängt an zu erzählen, wie sie mit 13 Jahren mit einer Freundin in eine Wohnung ging, dabei aber die Freundin „nur für Kurz“ rausgegangen ist und sie somit in einer Wohnung gelassen hat, wo mehrere Zimmer waren und in jedem Zimmer auf sie sehnsüchtig mehrere Männer warteten. Die Freundin wusste davon. Ich frage, ob sie wirklich bereit ist, über das alles jetzt zu sprechen und sie sagt ja. Auch sagt sie, als sie einmal sehr betrunken nach Hause ging, wurde sie auf dem Weg von einem Unbekannten vergewaltigt.

Nach zweitätigen Vergewaltigungen mit dreizehn Jahren kam K. nach Hause und versuchte irgendetwas davon der Mutter zu erzählen. Diese war allerdings bereits so betrunken, dass sie das Gespräch am nächsten Tag vergessen hat.

An dieser Stelle erinnere mich, dass genauso schlimme Ereignisse auch im Leben von ihrer Mutter stattfanden. Ich frage, ob sie mit ihr das alles besprochen hat. K. sagt, sie hätte es versucht, aber als Antwort hat sie „Erzähl keinen Quatsch!“- hören müssen. K. trinkt zu Ende, nimmt sich ein neues Bier und sagt schon weinend, sie möchte sterben. Sie wird von allen Seiten nur kritisiert und kann nicht mehr. Ich frage: Wegen Alkohol? Sie bejaht. Kannst du ohne Alkohol bzw. bist du bereit eine Therapie zu machen? Nein, sie fühlt sich nicht in der

Lage und außerdem, ist Alkohol das einzige Mittel, womit ihr Leben nur halb so schlimm ist. Dann fühlt sie sich nicht wertlos. Tränen kommen wieder mehr.

Ich frage, ob sie aggressiv ist, wenn sie betrunken ist. Sie sagt nein. Ich frage, ob sie Kinder haben möchte. Sie sagt nein. Dann sage ich ihr meine Meinung.

Sie ist erwachsen. In der Kindheit hat sie oft genug gehört, dass Zigaretten und Alkohol schlecht für die Gesundheit sind. Sie allein als eigenständiger Mensch geht an keine persönlichen Grenzen von jemandem anderen und soll auch eigene haben. Wenn ihr Leben mit Alkohol erträglich ist und niemand dadurch geschadet wird (auch V. nicht wie kurz davor), hat sie das vollkommene Recht jeden Tag zu trinken und auch die Verantwortung darüber zu übernehmen, nicht die der Mutter, sondern die Eigene. Anstatt sich mobben zu lassen und dadurch psychisch nach unten gezogen zu werden, kann sie beim nächsten Mal auch so sagen, dass sie keine Tipps mehr braucht, sie ist Alkoholikerin und steht dazu. Sich nach einem Job umzuschauen ist auch nicht verkehrt.

KAPITEL 7. NIEMALS WEG

Es bleibt eine Stunde bis zu meinem Bus nach Barcelona. Der Weg dauert 15 Minuten aber ich und K. gehen früher von der Bar. Ich verabschiede mich von E..

Ich sehe alles wie im Traum. Dort habe ich gewohnt, hier habe ich gegessen und unter diesen Brücken gab es einen Fluss. Vor 5 Jahren war der Fluss noch zwei Meter breit und heute ist alles trocken.

K. fängt an, sich über ihre Mutter zu beschweren. Sie sagt, es ist unverschämt, dass E. allen erzählt, dass sie eine unheilbare Alkoholikerin ist, dabei haben sie beide zusammen vor fünf Tagen Kokain gezogen. Jetzt nicht, aber als E. noch mit Vs. Vater gewohnt hat, haben sie täglich verschiedene Drogen konsumiert.

K. wäre gerne weg aus T.. Aber sie war seit 15 Jahren nirgendswo außer T.. Als Ausnahme galt nur der Drogenhandel in Barcelona zusammen mit dem ehemaligen Stiefvater.

K. sagt, sie hasst sich. Jedes Mal, wenn sie sich im Spiegel sieht, flucht sie. Wenn sie über sich denkt, wird ihr übel. Da ich früher auch ein großes Problem mit dem Selbstwertgefühl hatte, erzählte ich ihr über das Training von Louisa Hay, das 21-Tage Programm zur Selbstliebe. Mir reichten 10 Tage und ich bin mit dem Ergebnis sehr zufrieden. Es basiert, wenn man bis zu 100-mal am Tag sich im Spiegel betrachtet und zu sich sagt „Ich liebe dich! Ich liebe dich tatsächlich!“. Dazu soll man auch einen Taschenspiegel kaufen. Die ersten vier Tage denkt man: was mache ich da überhaupt?!, aber danach fängt das Selbstwertgefühl von allein zu steigen.

KAPITEL 8. ZURÜCK IN DEN URLAUB

Im Bus mache ich meine Musik an und betrachte die wechselnde Landschaft. Ich werde wahrscheinlich nie wieder in T. sein. Ich werde nie wieder E. und ihre Familie besuchen, Es ist ein anderes Leben und durch meine Hilfe wird es weder besser noch schlechter. Es sind andere Regeln, es sind andere Bedürfnisse. Wir sind alle irgendwo heuchlerisch und unlogisch. Ich habe kein Recht, diese Familie für irgendetwas beschuldigen, das macht das spanische Gesetz.

In Barcelona wartet auf mich eine schöne Airbnb-Wohnung und die Freude, morgen das Dali-Museum zu sehen.

Love

Frauenhaus. Geschichte Nr. 1

Sie packt ihre Sachen und die Sachen ihrer beiden Söhne.
Vor einer Woche wollten wir sie irgendwo innerhalb
Deutschlands verstecken, weil er ihr gedroht hat, sie zu
finden und zu töten. Und jetzt hebt sie schwermäßig ein
Spielzeug auf, weil der Bauch jeden Tag mehr stört.
Achja! Ich habe vergessen zu sagen, das war einer der
Fälle, als ich in einem Frauen- und Kinderschutzhaus
gearbeitet habe.
Ich entschuldige mich bei ihr, dass ich ihr nicht
zuvorgekommen bin mit dem Aufheben. Und fragen darf
ich: Sind Sie sich sicher?
Sie nickt, er habe geweint am Telefon, ansonsten ist er
nicht so romantisch. Ich wurde belehrt beim Antritt zu
diesem Job: wenn Frauen zurück zu den Tätern gehen
wollen, dann muss man sie lassen. Man muss sie lassen
und denen jede Hilfe zusichern, dass sie wieder kommen
können. Den Frauen soll jede Scham genommen werden,
in das Frauenhaus zurückzukommen.
Die Jungs sitzen in der Küche und malen. Einer von
denen wird vielleicht zu einem echten Künstler. Er
verbindet Abstraktion mit einem „Kinderrealismus" und
schenkt es mir. Die Jungs müssen zurück zum Stiefvater,
der sie gefoltert hat, aber jetzt sich entschuldigt hat und
das nicht mehr machen wird.
Ich hoffe, sie leben.

Vladimirs Spielplatz

.

Der kleine Denis betritt die neue KiTa Gruppe. Er ist sehr offen und befreundet sich sofort mit den Kindern. Zusammen bauen sie Türme im Sandkasten. Immer mehr Kinder möchten mit Denis spielen, denn er erfindet tolle Sachen. Um mit ihm zu spielen, lernen Kinder miteinander Dinge zu teilen, die sie von Zuhause mitbrachten. So spielt Denis gerne ein großes Unternehmen.

.

Die Gruppe wird zusammengelegt und es kommen plötzlich Kinder dazu, denen das Unternehmen von Denis nicht gefällt. Sie rufen ihn zum Gespräch und sagen, sie hätten Kraft, alle seine mit Mühe gebauten Sandfiguren und die seiner Freunde entweder ganz entnehmen, oder, wenn Denis sich wehrt, sie alle zu der Erzieherin gehen und, dass er dann weggesperrt wird und alleine in der Ecke steht. Um sich deutlicher auszudrücken, fangen die Kinder Denis mit Schaufeln zu schlagen, bis er ihnen verspricht, keine Unternehmen mehr zu gründen, das heutige an sie wegzugeben und selbst zu der Erzieherin zu gehen und sich für alles schuldig zu bekennen, was glaubwürdig wäre.

.

Eine Alternative gab es dann im Anschluss. Sein Ruf wurde durch die Erzieherin dann auch ruiniert. Aber dafür gab es einen neuen tollen Sandkasten. Denis durfte jetzt mit dem teuersten und tollsten Spielzeug von dem reichen Vladimir von der älteren Gruppe spielen. Anfangs war alles toll. Der Konsum an Süßigkeiten und

Kaugummis machte so Spaß… aber das Herz rief nach Freiheit, und das zumindest ein erstes Jahr.

.

Zurück war kein Weg mehr. Sollte er sich von den Freunden und von Vladimir trennen wollen, würden sie alle daran erinnern, was er einst unter Druck zugegeben hat. Er musste also auch immer ein Auge zudrücken, wenn Vladimirs Freunde seine alten ehrlichen Freunde mit den Goldschaufeln geschlagen haben. Aber es gab keinen Weg mehr zurück.

.

So ist Denis genauso geworden, wie die Kinder vom „reichen" Spielplatz.

Auf dem Polizeirevier

.

Sie: Guten Tag, mein Name ist Isabella Schmidt. Ich wurde soeben vergewaltigt. Hier ist mein Ausweis.
Rezeptionspolizist: Ähm… ja. [nimmt den Personalausweis und geht zum Kollegen] Ralf, die ist bestimmt ne Irre. Vergewaltigt ist, sagt sie. Naja, durchstellen muss man ja. [ruft die Vorgesetzten an, geht ans Glas zurück]. Warten Sie bitte, Sie werden abgeholt.
45 Minuten später. Ein Polizist kommt um sie abzuholen. Sie gehen in sein Büro.
Er: Was ist passiert?
Sie: Ich wurde soeben vergewaltigt.
Er: Von Ihrem Mann?
Sie [ruhig und gelassen]: Ich habe keinen Mann. Ich ging nach Hause nach einem Konzert, aus dem Gebüsch überfiel mich ein Mann. Große bei 175cm, dunkle Haare, schwarze Jacke.
Er: Und dann?
Sie: Dann bin ich aufgestanden, habe mich angezogen und bin sofort zu Ihnen. Ich habe mich gewehrt, meine Jacke ist angerissen, hier, bitteschön.
Er: Also, Sie wollen sagen, sie gingen nach Hause, wurden plötzlich überfallen, vergewaltigt. Dann standen Sie auf, zogen sich an und sind aufs Revier, richtig?
Sie: Ja, genauso war es. Sie notieren ja nichts. Achso, ich habe, während ich am Empfang gewartet habe, schon blaue Flecke an den Armen gemerkt. Vielleicht sind sie auch an den Beinen schon sichtbar. Und natürlich ist noch irgendwo Sperma zu finden.
Er: Ihre Geschichte ist leider nicht glaubhaft.

Sie: Warum jetzt?
Er: Sie sehen nicht aus, wie ein Opfer.
Sie: Wie sieht ein richtiges Opfer aus?
Er: Ähm… sie sind… verloren… in Panik. Irgendwas.
Ich notiere es mir zwar alles, was Sie sagen…
Sie: Das reicht mir schon dieses Mal, dass Sie es wenigstens aufnehmen, nicht wie beim letzten Mal.
Er: Was war letztes Mal? Wie jetzt?
Sie: Ich kam in Panik, verloren und konnte mich kaum ausdrücken. Als ich mich gesammelt hatte, sagten Sie, es steht Aussage gegen Aussage und schickten mich nach Hause, weil Sie, laut genau Sie, leider nichts für mich tun können. Und ich habe all die Jahre reflexiert, was ich falsch gemacht habe. Nun, nach Jahren Therapie wurde ich soeben nochmal überfallen und vergewaltigt und komme zu Ihnen um das artgerecht bei Erhalt der Nachweise und Sie tun mir bitte den Gefallen, indem Sie es aufnehmen.

Wutausbruch Nr. 1

Ich bin nichts wert und ich heiße, wie Hunde heißen sollen. Meine Ex schreibt es für mich, weil ich selber nichts auf die Beine stellen kann.

.

Einerseits kann ich natürlich nichts dafür, dass sie in meinem Namen hier im Word Dokument schreibt, aber ich kann auch nicht widersprechen, ich bin beschäftigt – ich ficke gerade eine Neue van der App, da ich sonst in der Stadt keinen kenne.

.

Sie hat auch nichts gegen Hunde, nur gegen mich. Zugegeben (aber PSST!), habe ich viel Scheiße gebaut. Sie ist echt ʹne Geile, und hat was aufm Hut. Ich halt nicht so, so musste ich sie ʹrunterziehen. Im Januar hat es geklappt, im Februar irgendwie nicht. Ich habe ja Schluss gemacht, damit sie mir wieder hinterher rennt… aber keine Anrufe, keine Versuche… hm…

.

Und jetzt ficke ich eine andere und laufe mit ihr Hand in Hand auf der Straße, weil ich sonst keine Bekanntschaften in der Stadt habe. Ich sollte eigentlich wie eine Ratte heißen.

Als ich mich definierte

...und irgendwann habe ich mir zugestanden, dass ich eine Künstlerin bin. Davor habe ich es aus anderen Quellen wahrgenommen und heute weiß ich, dass meine Quellen stimmen. Ich habe es erreicht nun auch ohne die Quellen mir bewusst zu werden, dass ich eine Künstlerin bin. Ich erreiche viele Menschen und nun erreichte ich mich selbst.

.

Meine Hand streichelt die Leinwand. Ich lasse sie jungfräulich. Ich bin eine Künstlerin, die Inspiration wird mir erscheinen und... meine Quellen, die ich als solche nicht mehr brauche, werden applaudieren.

.

Die neue Ausstellung geht in eine ganz andere Richtung. In die naive, mädchenhafte, rührende. Die Hand rutschte glatt. Ich schuf was ich nie geschaffen habe, die ich, die ich, die immer da war.

.

Whisky aus der Flasche. Sie haben nichts verstanden!
"Abgerutscht!",
"Schaffensfaul!"
"Eingebildete und zu hochgespielte Persönlichkeit!",
"Sinnlose gefühlslose Striche und Feen!",
"Konzeptloses Kindergartengekritzle!"

.

Ich brauche Quellen.

Sechs Abtreibungen meiner Oma . Сор из моей личной избы.

.

1.

Ich schreibe dir, weil ich es nicht mehr kann. Ich bin so fern von kulturellen… Werten… Man nennt es Werte. Bin ich eine Rassistin? Nazistin? Antisemitin? Nur mich kotzen die so genannten Werte der weißen Braut an? Der nicht berührten Frau? Von der Frau, die schön und treu sein muss und nur so in eine Ehe kommt. Und nach der Ehe?

Bitte, lies es zu Ende, ich brauche dich. Ich muss es jemandem erzählen. Meine Oma hatte sechs Abtreibungen ohne Narkose und sie spricht darüber jedes Mal, wenn ich sie besuche… seit mein Opa nicht mehr da ist. Sie will, dass wir es weitererzählen. Ich sehe es. Sie kotzt es aus der Seele heraus jedes Mal.

.

2.

Ein vierzehnjähriges Mädchen, also meine Oma, sammelt Weizenährchen auf einem Feld. Manchmal bewegt sie die den Prozess störenden Leichen. Es ist oft nicht mehr klar, ob es deutsche oder sowjetische Soldaten waren. Klamotten und sonstige Sachen wurden längst geklaut. Es herrscht Hunger. Die Sterblichkeit im Dorf in der Nähe von Belgorod ist hoch und oft freut man sich schon, dass es um einen Kopf in der Familie weniger wird. Später wird aus solchen Mädchen fast jede typische Oma, die ihre Enkel zufüttern, als ob sie Pelmeniteig wären, als ob es das letzte Mal ist… Du verstehst bestimmt was ich meine.

In der Familie meines Vaters mangelte es nicht an Geld, genauer zu sagen nicht an Geld, sondern an Bekanntschaften um bei Weitem mehr, als nur das Nötige zu bekommen, wie es in der UdSSR so war. Es mangelte an Liebe und der heutigen Normalverhältnissen. Der heutigen Normalität des Umgangs miteinander. Mein Vater wurde gut gefüttert, alles andere war eine totale Traumatisierung unter der Deckung der propagierten so genannten starken sowjetischen Familie. Schlägerei war normal. Gegenseitiger Hass der Eltern war normal. Aber an eine Trennung wurde gar nicht gedacht. Es war normal. Überall war diese Deckung einer wunderbaren und starken sowjetischen Familie. Doch wer ist daran schuld? Mein Opa? Meine Oma? UdSSR?

Im Fernsehen schaut sie jetzt bestimmte Sendungen. Seit ein paar Jahren schreit sie mir in die Seele. Sie erzählt jedes Mal, sie sei eine toxische Mutter gewesen. Und mein Opa genauso. Wie ich es selbst sehe? Ich stimme zu. Es war eine schlechte Familie. Jedoch kein Mitglied ist daran schuld.

Ich erzähle dir einfach die Geschichte dieser Familie.

.

3.

Meine Oma erzählte mir eine neue Einzelheit ihres Privatlebens vor meinem Opa. Sie hat sich nur einmal im Leben als eine Frau gefühlt, als sie mit einem bestimmten Alexej starkes erotisches „Rummachen“ gehabt hat. Es kam zwar zu keinem Geschlechtsverkehr, aber sie beschrieb es genau mit den Worten, dass es das einzige Mal war, als sie sich als gewollte und echte Frau gefühlt hatte. Egal, wo Alexej sie damals überall im Kolchos anfasste, sagte er sofort solche Komplimente zu diesen Körperteilen, die meine Oma nie danach bekommen hat.

.

4.

Die weitere Geschichte kann ich nur vermuten, ob sie stimmt oder nicht. Mein Vater und meine Tante sagen, es kann so nicht stimmen. Aber ich weiß an mir, wie Scheiße Victim Blaming sein kann. Ich habe selber eine Vergewaltigung durch und meine Eltern meinten sofort, dass wenn ich mit dem da bereits mal geschlafen habe, dann ist es keine Vergewaltigung gewesen, vor allem, ich bin ja selber zu ihm nach Hause mitgekommen, also bin ich irgendwo selber daran schuld. So neige ich immer mehr dazu, meiner Oma zu glauben.

Ihrer Geschichte nach, hat mein Opa sie unter mir nicht bekannten Umständen vergewaltigt und dann sie als ehrlicher Mensch danach geheiratet hat. Lies dir das nochmal durch – der Vergewaltiger nimmt seinem Opfer die Jungfräulichkeit und heiratet sie darauf hin, weil sie sonst wie ein Kondom oder Klopapier nicht wieder für andere benutzbar wäre.

Ich glaube meiner Oma. Wenn ich das jetzt so durchspreche… Jetzt glaube ich ihr definitiv.

.

5.

In vielen Familien der Fünfziger gab es nun einmal viele Kinder. Meine Oma gebar zwei – meinen Vater und meine Tante. Alle anderen Schwangerschaften musste sie abbrechen. Es gab keine Liebeskapazitäten schon für die ersten beiden Kindern. Meine Oma war auch keine Heilige. Sie war eine junge Frau aus einem Dorf, die auf eigene beleidigenden Sprüche keine Verantwortung zu fühlen schien. Es war so natürlich wie ihre ständige Aufdringlichkeit Menschen vorzuschreiben, dass sie in den Mengen essen, in denen sie es für nötig hält – bis zum Umfallen. Wie alle Kriegs- und Nachkriegskinder. Mein Opa schien ein intelligenter Mensch zu sein. Jedoch nicht zu Hause. Das machte mein Vater in unserer Familie auch nach. Doch es geht nicht darum. Das Stichwort war „Kondome". Wer hat sie schon benutzt? Welcher sowjetische Mann hat es je ernst genommen und sich antun wollen. Gummi über das beste Stück zu ziehen?

Meine Oma hat gelitten. Jeder Sex... genauer zu sagen Geschlechtsverkehr... war eine Qual. Meine Oma erzählt seit wenigen Jahren immer das Gleiche. Der Geschlechtsverkehr war eine Folter.

Wenn sie es nicht geben würde – wäre sie keine echte sowjetische Frau, die ihren Mann würdig ist. Es ist auch schon in der russischen Sprache festgehalten – die Frau heiratet nicht, sondern „geht hinter den Mann". Ist man bis 24 nicht „hinter dem Mann", so wird man hinter dem Rücken als „altes Fräulein" beschimpft.

Hat man das Glück und hat es geschafft, jungfräulich beim Standesamt „ja" zu sagen, so wird es danach wahrscheinlich die qualvollste Nacht des Lebens. Sexuelle Aufklärung? Ne, dafür aber die Parteigeschichte.

Niemand wusste, wie Sex geht. Mein Opa wahrscheinlich auch nicht. Die letzten Jahre seines Lebens hatte er jedoch eine Affäre und ich hoffe, er konnte wenigstens dort seine Sexualität ausleben. Meine Oma hatte die

Möglichkeit nicht und sie bereut es jetzt, meinem Opa immer treu gewesen zu sein. Dieser Geschichte folgt immer der Bericht des Rummachens von Alexej.
Zuhause ging es so los. Mein Opa wollte. Meine Oma machte die Beine breit und es ging sofort los. Meine Oma deckte ihr Gesicht mir dem Kissen, damit mein Vater und meine Tante nichts mitbekommen.
Oft genug kam es zu einer Schwangerschaft. „Was bist du nur schon wieder Schwanger?", - wunderte sich mein Opa.
Diese Ehe konnte nicht noch ein Kind bekommen und meine Oma ging zum Arzt. Abtreibungen waren ein Tabuthema und jede Frau, die mit diesem Problem zum Gynäkologen kam, wusste Bescheid – sie ist selbst daran Schuld und es gibt keine Narkose. Stell dir die Erniedrigung und die Schmerzen einmal vor!

.

6.

Ich habe mich entschlossen, dir das zu erzählen, nicht, weil es ein wichtiges Thema ist… Nein.
Es geht um meine Oma. Sie erzählt uns das Ganze immer seit dem Opa tot ist, jedes Jahr kommen mehr Einzelheiten. Sie ist 90 Jahre alt und ist komplett beim Bewusstsein. Sie sitzt nur zu Hause und schaut fern. Wenn wir kommen, erzählt sie davon. Von der Vergewaltigung und alle anderen Vergewaltigungen, von der toxischen Erziehung ihrer Kinder, von Alexej. Aber sie dankt in den Himmel, sie dankt wirklich in den Himmel meinem Opa, dass sie uns hat, uns – ihre Enkel. Ich empfinde es jedes Mal als Hilfeschrei, verstehst du?
„Erzählt es bitte überall! Ich schaffe es nicht mehr. Ich

will, dass alle es wissen und mein Leben nicht nachmachen. Ich will, dass alle über mein Leiden wissen! Ich will kein Theater mehr!“´

Deswegen habe ich dir geschrieben.

Inzest

Durch eine ein Wenig geöffnete Tür sah ich einen Kuss zwischen einem Mann und einer Frau. Es war kein Kuss zwischen einem Mann und einer Frau, im Sinne... es war ein Kuss zwischen einer Mutter und ihrem Sohn.

Ich ging weiter und... und erst im Bad konnte ich das Gesehene anfangen zu verarbeiten.

Gestern war alles noch gut und das Thema Inzest war irgendwo, weit weg von mir. Noch gestern grillten wir bei meiner Tante auf dem Rasen, wir feierten ihr Geburtstag: Meine Mutter, mein Vater, meine Schwester, eine Freundin von meiner Mutter und meiner Tante, ihr Sohn, mein Cousin und mein Onkel.

Es war so schön, so lustig und richtig gemütlich. Das Haus meiner Tante war groß genug, damit wir dort alle übernachten konnten.

Ich schaute in den Spiegel, doch mein Spiegelbild sah nicht besonders schlau aus. In Erinnerung waren jetzt auch seine Arme und Hände. Der Sohn fasste seine Mutter an, wie ein Mann seine Frau. Sie war nicht zugedeckt und mein Gehirn sagte mir, er habe sehr erotische Unterwäsche identifiziert.

Danach wurde es noch schlimmer. Ich fing an zu analysieren. Es war uns bekannt, dass sie, eine hübsche Dame, seit 10 Jähen keinen Mann hatte. Und jetzt diese Unterwäsche...

Meine ganze Schulzeit, alle gemeinsamen Ausflüge... Armes Kind. Arme ich. Was soll ich tun? Die Antwort kommt sofort: soll mich nichts angehen und ich würde so viel kaputt machen, wenn ich das thematiseiere. Bestenfalls würde meine Mutter mich dafür auslachen und sagen, ich habe alles ausgedacht oder geschlafwandelt.

Und weiter? Und was ist mit "Liebe für alle"? Warum wird Inzest nicht toleriert?

Ich ohrfeigte mich in voller Kraft. Auf dem Rückweg in mein Schlafzimmer drückte ich meine beiden Augen zu und ging durch. Ich habe mich für die Ruhe entschieden.

MÄRZ 2011

1.

Und sie liebte ihn. Sie quälte sich, kämpfte mit furchtbaren Gedanken, schöne, rote Nächte quälten sie! Sie liebte und schwärmte, mal mit Gedichten, mal mit Märchen. Sie wollte ihn sehen, aber anonym war nicht genug. Sie wollte ihn. Sie wird nicht mit ihm sein, es wird keine reine Liebe, keine schöne, zitternde Liebe sein. Verzweiflung bleibt. Kräfte kommen irgendwoher. Sie wusste, was sie wollte. Er will nicht glücklich sein, wie er es mit ihr wäre, wenn er wollte, also wird er unglücklich sein. Aber er wird für die Gemeinheit bezahlen, die er ihre Seele hat werden lassen.

Sie macht sich auf den Weg. Sie kennt seine Adresse. Sie sieht ihn schon in sich. Sie packt ihren Rucksack.

Der Wind draußen droht mit Strafe. Im Player läuft Satura von Lacrimosa. Sie trägt Schwarz. Das Herz schlägt. Es gibt weder ein Gefühl der Verantwortung noch Mitleid darin. Sie liebt ihn und will wie er werden. Sie will, dass er in ihr ist.

Sie geht die Straße entlang. Es wird dunkel. Sie hat bereits einen Brief geschrieben. Es wird ihr nicht helfen, aber diese Dummheit wird sie amüsieren. Sie wird das ganze Land, die ganze Welt amüsieren, wenn sie sie finden. Sie wird sich nicht verstecken. Sie weiß, wo ihr Platz ist, wohin sie bestimmt ist.

Ein wahnsinniges Lächeln ist durch die Haare zu erkennen. Der Wind steigt zu einem Wirbel auf. Sie ist an seiner Tür. Das Licht ist an.

Sie steht.

Sie zieht die Kapuze hoch. Klingeln. Wer? Die Antwort in einer fremden Sprache ruft keine Verdächtigungen hervor. Die angelehnte Tür wird mit dem Fuß aufgestoßen. In der Hand eine Machete. Den Rucksack vergessen zu schließen.

Alles passiert schnell. Niemand hört.

Hungrig bereitet sie das Abendessen zu. In seiner Küche. Sie liebt ihn. Sie will ihn. Sie kocht ihn. Sie ist hungrig. Wieder überwürzt!

Diese Nacht ist ruhig, im Kühlschrank gibt es kaum etwas hinzuzufügen. Sie ist eine echte Frau. Sie kocht köstlich. Mit Inspiration. Heute Nacht wird er bis zum Morgen in ihr sein. Sie wird es schaffen. So schön, es ist sogar schade, ihn in Stücke zu zerlegen. Sie lässt Kopf und Herz bis zuletzt. Der schönste. Es ist schade, dass er ohne ein Lächeln gestorben ist, er hatte ein wunderbares.

Es wird hell. Die Tür ist verschlossen. Die Seelen sind nicht mehr da. Satt geht sie zum Bus. In Kleidung, die nach süßen Männerdüften riecht. Sie ist glücklich. So

beendete sie ihr Leben und begann zu existieren. Morgen werden sie sie finden und in ein Haus bringen, wo man

professionell höflich zu solchen wie ihr sind. Aber zuerst nach Hause.

Auf dem Tisch sein Sterbebrief, sie hat sich bemüht, ihn im Zug zu schreiben. Im Brief steht ein schrecklicher Traum: "Liebe Nachbarn, macht euch keine Sorgen, ich habe wahre Liebe gefunden, sucht nicht nach mir, ich bin in sie gegangen."

2.

Die Sonne lächelte dem kommenden Tag entgegen :). Guten Morgen! Jeder Morgen ist gut! Egal, wie das Wetter heute sein mag, sie steht mit einem Lächeln auf und geht dankbar zum Fenster. Sie streckt die Arme zur Decke und blinzelt, heute scheint die Sonne so hell, dass sie auf ihrem Gesicht stahlende Muster hinterlässt.

Und gleich auf den Stuhl, nachdenken, überlegen, wie ihr Kleines am glücklichsten sein wird. Ein Name wie der Vater, es wird ein Junge sein, das beschloss sie sofort, als sie auf dieses Kind wartete. Er wird von Liebe und Zärtlichkeit umgeben sein, er wird auf geistig anspruchsvoller Literatur und Musik aufwachsen. Sie liest russische Klassiker laut vor. Für sich selbst und für das Kind. Sie singt **"Sonniger Kreis"**, **"Schönes weit**

entfernt", "Geflügelte Schaukeln"... jeden Morgen, er soll sich daran gewöhnen, es von Kindheit an zu lieben, er soll wie sein Vater werden, dafür muss man die Seele in die gesamte Erziehung stecken, jeden Schritt im Voraus durchdenken, der Vater hätte es durchdacht, wenn er nicht auf natürliche und beleidigende Weise aus ihr herausgekommen wäre. Sie schaukelt den Schaukelstuhl vor und zurück. Heute muss sie überlegen, wann sie anfangen sollte, sich mit dem Kind in seinen Muttersprachen zu beschäftigen, die in seinen Wurzeln liegen, aber zuerst Deutsch und Russisch, und dann, im Alter von zwei Jahren, kann man andere Sprachen einbeziehen. Sie macht sich Notizen. Das Tagebuch hat das Leben ihres Kindes geplant, das Kind wird geistig und vielseitig reich sein, wie die Mutter, wie der Vater. Sie ist glücklich, der Vater wird nie von seinem Sohn erfahren, sie wird nie Vorwürfe machen, sie ist dankbar, sie wird das schönste, freundlichste und klügste Kind haben. Es wird ein Junge sein, ein märchenhafter Junge. Sie lernt das Märchen auswendig, der Vater liebte es, und das Kind wird es lieben. Jeden Tag bemüht sie sich, es mit guter Schauspielintonation zu lesen. Wie glücklich sie ist! Wie dankbar sie dem Schicksal ist!

Eine Flüssigkeit fließt über ihr Bein. Das passiert regelmäßig, sie bemerkt es nicht, der Verstand nimmt kein Blut an. Der Verstand hat entschieden, dass nichts ist. Ein weißes Kleid, jeden Tag ein weißes Kleid, sie hat solche lieb gewonnen, sie trägt nur weiße Kleider. Barfüßige Füße hinterlassen Spuren im Raum. Die Freundin kommt herein. Auch weiß gekleidet. Sie fragt, wie es geht. Sie lächelt, sagt, alles ist gut, das Kind nimmt Esenin begeistert auf, heute hat er wirklich gestrampelt, aber er hatte genug von Tschechow, er trotzt! Die Freundin liebt ihr Kleid, wie immer bindet sie ihr vor dem Spaziergang eine schöne Schleife daran. Die Freundin schaut in ihr Tagebuch. Sie führt das Tagebuch schon fast ein Jahr, sie weiß, wie sie ihren Sohn erziehen wird. Die Freundin seufzt nicht überrascht.

Spaziergang. Die Freundinnen in weißen Kleidern besprechen das bevorstehende Ereignis, wie immer, denn bald wird ein neuer Prinz auftauchen. Sie kann es kaum erwarten, schon fast ein Jahr lang, geht und hinterlässt rote Spuren. Sie sind angekommen. Die Freundin bemerkt: "Oh, du hast dein Kleid verschmutzt, und wir sind genau neben der Dusche, komm, zieh dein Kleid aus, lass uns gleichzeitig duschen."

Das passiert alle paar Wochen. Die Freundin hilft ihr, das Kleid von ihrem schlanken, gleichförmigen Körper zu nehmen. Hilft ihr beim Duschen und schenkt ihr ein neues Kleid, so nett, so fürsorglich! Und bindet eine Schleife daran. Ein wundervoller Tag, ein wundervoller Morgen. Die Freundinnen gehen zurück. In ihrem Zimmer sind die Böden bereits gewischt, das Tagebuch ist auf einer neuen Seite geöffnet, das Heft wird bald voll sein. Die Freundin isst mit ihr und verspricht, ein neues zu schenken, das elfte Monat führt sie das Heft, ohne die Tage zu zählen, natürlich wird es enden, auch das dickste. Die Freundin schließt die Tür und geht den langen Flur entlang.

Die Freundin geht zu ihrem Gynäkologen, dem Arzt, der ihre Schwangerschaft überwacht.

- Sie ist sicher, dass sie morgen gebären wird, ich denke, wir sollten uns auf die Zelle vorbereiten.

- Ja, - sagt der Arzt, - sie wird denken, dass sie das Kind verloren hat oder es gestorben ist, ein Hemd wird nicht helfen. Sie wird uns wieder beschuldigen und darauf reagieren. Zu erklären, dass sie nie schwanger war, ist unmöglich. Du hast recht, Schwester, wir müssen sie heute noch in die Zelle verlegen.

******

- Hallo, Freundin! Der Arzt sagte, ich solle dich in ein anderes Zimmer verlegen. Es wird dir dort besser gehen.

- Ja, ja! Ich werde nur sein Leben beenden, einen Moment, - sie beendet den Satz und setzt einen Punkt.

3.

Oh! Was für Haare! Sie müssen frisiert, nein, geschnitten und gefärbt werden! Und schminken, man muss immer schön sein, auch wenn in diesem Raum keine Fenster sind und keine Fotografen hereinklettern werden, um ihre Schönheit zu fotografieren. Auch wenn niemand da ist, für den sie posieren kann. Aber was, wenn doch? Das Schicksal wird sie auch hinter der Wand finden, aber hier ist es so angenehm, weicher Boden, weiche Wände. Ja, die Haare müssen auf jeden Fall frisiert werden. Ein Kamm, vier Zähne, der beste, den sie finden konnte. Die weißen Haare sind schon lange natürlich geworden, sie wachsen von selbst, es ist nicht mehr nötig, sie zu färben, beschloss sie. Jetzt hat auch ihre Mutter solche. Keine Farbe wird ihnen mehr helfen.

Ihre Mutter wurde berühmt. Sie liebt ihre Mutter, sie liebt Fotografen und Bekannte, Freunde, die weißen Freunden etwas geben, wofür sie sich schämen, aber sie nehmen es und drehen den Blick weg, um zu plaudern.

Wer Menschen hilft, vergeudet seine Zeit. Man kann sich nicht durch gute Taten einen Namen machen. Diesen Satz kennt sie seit ihrer Kindheit. Jetzt ist sie berühmt. Und die Mama. Die Mama kommt oft. Wie schön! Nur mit jedem Mal mehr Falten. Verzeih, Mama, sie versteht nicht, dass sie daran schuld ist, wenn Falten entstehen, wenn sie gegen eine neue Veröffentlichung ihrer Freunde mit Fotokameras kämpft.

Ja, schade, dass es hier keine Fenster gibt. Oh. Der Schlüssel in der Tür. Freundin! Hallo! Eine Schleife an das weiße Kleid. Sie gehen.

Sie hat Gäste. Sie interessieren sich für sie, stellen Fragen, auf die sie professionell gut antwortet, sie hat sie schon oft beantwortet, sie liebt Pressekonferenzen. Sie hält durch, sie ist ein echter Star. Gut, dass sie sich frisiert hat, schade, dass sie sich nicht geschminkt hat, aber sie ist auch so wunderschön. Die Freundesfotografen lieben sie so. Es ist schön zu spüren, dass man geliebt wird. Sie ist wichtig für dieses wunderbare Zuhause und diese wundervolle weiße Welt.

Und das alles, weil sie ein Star ist. Keine Sängerin, keine Schauspielerin... sie hat einfach eine große ungewöhnliche Schweinerei gemacht. Die Leute lieben das. Die Leute lesen das. Es interessiert sie, ihren Schmutz zu durchkauen und Neuigkeiten zu erfahren.Solange das so ist, werden sie zu ihr kommen. Sie hasst Einsamkeit und erzählt deshalb ihre Geschichten.

Abend. Sie ist wieder in einem Raum mit einem Fenster. Sie hat es verdient, ihre Freunde dachten, sie würde zusammenbrechen. Warum? Sie hat doch noch ein Leben aufgebaut und ein weiteres beendet. Sie erfindet Menschen, die ihrem Herzen nahestehen, neue, perfekte und denkt sich ein Schicksal und ein Leben für sie bis zum Tod aus. Das ist ihr einziges Hobby, das hier möglich ist.

.

Gute Nacht, süßes Mädchen, schlaf und denk daran, dass man dich liebt, und nicht, dass man dich wie einen Affen am Strand am Meer kauft und verkauft.

4.

Sing, Schwalbe, sing! Die Welt atmet Frühling.

Heute ist Malkreis. Sie zeichnet rote und schwarze Kreise auf die Staffelei mit den Händen, mit dem Fuß, mit den Wangen und der Nase. Es sieht schön aus. Die Lehrerin sagt nichts und geht vorbei. Das weiße Kleid ist schwarz-rot geworden, sie hat ein neues Kleid. Sie liebt Kleider. Früher hatte sie viele verschiedene, jetzt viele gleiche.

Und hier haben wir eine Pythonschlange, die vom Elefanten gefressen wurde. Die Rache der kleinen Elefanten. Sie kichert. Der Elefant trompetet mit seinem Rüssel und verkündet einen erfolgreichen Gegenschlag.

Sie ist jetzt auch im Team. Hier hat sie neue Freunde, genial wie sie es mag. Goethe respektiert sie nicht wirklich als Dichter, aber sie mag das Lied von Gretchen aus dem „Faust“, sie hat es selbst schon einmal gesungen. Kafka zeichnet Prag. Sie zeichnet den Elefanten. Sie sind befreundet. Sie, Goethe und Kafka, sie erzählt ihnen von ihrer Kindheit, verbracht mit russischen Genies.

Goethe bietet ihr Mephistopheles an. Sie lehnt ab. Oh, diese Wünsche von ihr! Danke, Johann, lass alles seinen Lauf nehmen. Johann schreibt über sie, sieht in ihr Gretchen. Faust wartet schon lange in Teil zwei auf Helena.

Nun ja, die Stunde neigt sich dem Ende zu. Sie kann nicht besonders schön zeichnen. Sie rechtfertigt sich, nennt es Abstraktion. Sie ist eine beliebte Künstlerin, die Freunde mit Kameras kämpfen um die Ehre, ihre Schmiererei mitzunehmen. Die Freunde in Weiß wählen denjenigen, der mehr Papierscheine hat.

Frühling. Eine wundervolle Zeit, nicht wahr, Franz? Wir können mit der Freundin in Weiß schon im selben Kleid ausgehen, wir werden zu viert spazieren gehen. Oh? Wen führen sie dort im Flur? Ein Neuling? Franz, wo bist du?

Die Lehrerin ruft ihre Freundin in Weiß. Eine Schleife, sie gehen nach Hause, in ihr Zimmer. Oh, ein Neuling wurde hinter ihrer Wand untergebracht. Sie werden ihn gerade einweisen. Sie lächelt ihn an. Er lächelt sie an. Die Freundin begleitet sie in ihr Zimmer, schließt die Tür.

Sing, Schwalbe!

5.

Ich sehe dich wieder, ich sehe dich wieder im Traum. Ich glaube immer noch daran, dass du wieder zu mir zurückkehren wirst.

Klopf-klopf-klopf.

- Hey, du!
- Ja...
- Willkommen in meinem Königreich!
- Oh ja, ich habe von dir gehört, du bist hier ein Star, genauso wie dort, wo sie mich hergebracht haben. Aber auf den Fotos in den Zeitungen mochte ich dich lieber, dort hattest du dunkle Haare.
- Nun, das Färben ist kein Problem...
- Aber nicht für mich!
- Nein, natürlich, ich werde es für mich tun, wenn du weg bist, wahrscheinlich.
- Ja, ich werde bald gehen. Wir haben noch etwas mehr als zwei Tage...
- Warum? Warum bist du hier?
- Ich bin ja kein Psychopath, ich bin ein normaler Mensch.
- Und was ist schon normal? Was macht ein normaler Mensch in meinem Königreich?

· Ich habe einfach beschlossen, mit dem Leben abzurechnen, aber es hat gewonnen.

· Und ich...

· Ich habe gelesen, ich weiß.

· Wie konntest du nur so unvorsichtig sein? Hast du dich etwa am eigenen Schwanz aufgehängt? Oh, ich habe eine Freundin, sie sagt: "Wenn, dann richtig", selbst als es mir schlecht ging, hat sie mir gezeigt, wie man die Adern richtig aufschlitzt, um sofort mit Würde zu gehen und sich später nicht zu blamieren.

· Du hast eine nette Freundin.

· Ja, sie ist gut, manchmal kommt sie hierher zu Besuch. Erzähl mal von dir.

...

Er erinnert sie an denjenigen, den sie schon lange liebt. Wegen dem sie ein Star wurde.

· Ich möchte mich mit dir treffen, - das Gespräch durch die Wand geht weiter.

· Kletter jetzt rüber!, - sie ist schon bereit für alles.

· Jetzt? Wie denn? Das Fenster ausschneiden, durch die Gitter schlüpfen. Warum machst du das? Ich möchte wirklich mit dir zusammenkommen.

· Du bist nicht gerade spontan, na gut, dann verschieben wir es.

Die Nacht deckt alle Karten auf. Bisher teilten sie das Schicksal zu zweit. Jetzt schienen sie zusammen zu sein, aber nein, sie sind nur nebeneinander. Eine Wand trennt sie.

- Lass uns zu den Sternen fliegen, ich warte dort schon auf dich, - er weiß, dass sie lächeln wird, - Gute Nacht, Mädchen mit dem verzauberten Lächeln.
- Du magst wohl keine langen Abschiede, ich gehe ins Bett, gute Nacht, mein Schicksalsgeschenk!
- Warum tust du das! Viele Menschen würden alles dafür tun, noch ein bisschen die geliebte Stimme zu hören. Und jedes Mal, wenn ihr euch für einen Moment trennt, sagt für immer auf Wiedersehen.

Die geliebte Stimme... klingt vielversprechend. Sie schläft mit einem Lächeln im Gesicht ein.

.....

Die Treffen dieser beiden sind märchenhaft. Selbst die Freunde in Weiß erlauben ihnen, sich im Kerker zu verstecken, na klar, und was ist, wenn der Star sich weigert, Interviews zu geben!?

Sie ist bereit, alles mit ihm zu teilen. Er ähnelt so sehr demjenigen, den sie seit ihrem dreizehnten Lebensjahr liebt. Déjà-vu. Und das alles, weil es ein und dieselbe Person ist. Er taucht immer wieder in ihrem Leben auf und verschwindet, erinnert an sich. Diese Version versteht sich selbst nicht, was sie will. Er sprach über das Herz, aber er meinte den Instinkt. Er rechtfertigte all seine Fehler entweder damit, dass er so ihre Fehler bestraft oder er wandte "mein Herz hat es nicht befohlen"

an und entkam so der Verantwortung und den Ehrenschulden.

Der erste Tag war wunderbar. Der zweite war schwarz. Er beschloss, dass er ihr nichts schuldet. Und sie beschloss das auch. Er beschloss, dass er das Recht hat, sie zu verletzen. Und sie beschloss das auch. Goethe und Kafka schrien ihr in beide Ohren, dass das so nicht richtig ist, dass die Königin keine Prinzessin werden kann und eine Prinzessin keine Aschenputtel werden kann. Und sie schwamm mit dem Strom.

Er ist glücklich. Er ist rausgegangen. Wenn er sie jetzt besucht, unterhalten sie sich durch die Wand. Er entscheidet, er verletzt, sie akzeptiert. Er geht für immer weg, die Freundin in Weiß führt sie in den Kerker, damit es weicher ist, den Kopf zu stoßen, denn er geht immer für immer weg. Und dann kommt er wieder, als wäre nichts gewesen, und verletzt sie wieder. Er ist der König.

Vielleicht wird er sie von hier befreien. Sie hofft eigentlich nicht auf seine Versprechen.

Als er das dritte Mal für immer geht, ist sie ruhig. Sie erinnert sich an die Geschichte von dem Jungen, der gerne in den Wald ging und schrie, dass die Wölfe ihn angegriffen hätten. Als aber die Wölfe wirklich kamen, kam niemand.

Und so ist sie ruhig. Sie erwartet nichts.

6.
Ach!

In der ersten Sekunde durchfuhr sie ein Gefühl der Schuld. Sie hätte ihre Freundin in Weiß nicht belasten sollen. Sie hätte ihr nicht ihre Meinung über Ehre und Würde mitteilen sollen. Wer war die Freundin und wer sie selbst? Sie - eine Mörderin, im Grunde genommen ein gesellschaftliches Phänomen, obwohl die Gesellschaft sie dafür liebte und erhob. Die Freundin - eine gute Reinigungskraft, mit einem schönen Garten und einem Haus mit Kindern und Ehemann. In letzter Zeit brachte sie viel Geld nach Hause. Oh, dieses Geld! Warum hat sie ihre Freundin in Weiß mit ihren Gedanken über die Nichtigkeit des Geldes belastet! In dieser Welt braucht niemand diese Gedanken. Man muss sie für sich selbst bewahren und selbstdurchleben, indem man die wahre Lebensformel kennt, nicht die beworbene. Warum kann sie nicht einfach egoistisch und gierig für sich selbst leben, warum teilt sie ihre Lebensformel mit Menschen, die sich nicht schämen, nach einer anderen Philosophie zu leben?

Warum hat sie gesagt, dass Geld Müll ist, der die Seelen derer verunreinigt, die sich für sie verkaufen? Warum hat sie gesagt, dass die Menschen nie lernen werden, die richtige Wahl zu treffen? Wenn man einem Menschen geistigen Reichtum oder materiellen Reichtum anbietet, wird ein normaler Mensch den materiellen Reichtum wählen. Er wird nicht aus der Geschichte lernen, dass der Geizige zweimal bezahlt. Die Menschen jubelten Hitler zu. Sie wollten alles für das Verschwinden der materiellen Krise und das Aufkommen des Wohlstands tun. Sie gingen. Die Arbeitslosigkeit verschwand. Die Industrie boomte. Nur materielle, finanzielle Güter bringen kein dauerhaftes Glück. Na ja, sie zahlten mit vollständigem Chaos, mit dem Krieg. Das war auch bei Stalin so. Dieses Beispiel kann auf jeden Menschen angewendet werden. Der Mensch ist, wie bekannt, egoistisch, er braucht mehr Coolness, mehr Show-Off, aber die Seele kann man nicht so herausstrecken, dafür muss man sich bemühen. Also, die gute alte rhetorische Frage: Was würdest du wählen, dreißigtausend Euro, sagen wir, wenn alle anderen in deinem Bekanntenkreis fünfzehn bekommen, oder würdest du achtzigtausend bekommen, wenn alle anderen hunderttausend bekommen?

Und so war es immer und wird es immer sein. Vor uns steht immer die Wahl: persönlicher Vorteil, der einer gewissen Moral entspricht, oder das Gewissen reinhalten. Nur wer geistige Werte wählt, wie nicht zu verraten, nicht zu verletzen... nur der wird wirklich reich sein, in jeder Hinsicht.

Sie war immer locker mit Geld umgegangen, sowohl als sie da waren als auch als sie überhaupt nicht da waren. Geld ist Papier, ein Vermittler der Arbeit, auf ihnen kann man kein Glück aufbauen, man kann sie nur gegen Dinge eintauschen. Man kann ein Haus kaufen, aber nicht Gemütlichkeit, man kann Abhängigkeit kaufen, aber keine Liebe. Geld regiert nicht die Welt. Sie gab sie leicht weg, materielle Geschenke bedeuteten ihr absolut nichts, aber sie schenkte sie, weil es in der Gesellschaft so üblich war, sie liebt es, guten Menschen zu schenken, auch denjenigen, die von einem neuen Leben verdorben sind.

Warum hat sie das ihrer Freundin in Weiß erzählt? Die Freundin hatte bereits ihre Wahl getroffen. Die Freundin hat sie verraten, sie hat ihre Sachen verkauft, Zeichnungen, Aufnahmen, sogar Haare. Die Freundin dachte, dass sie damit das Glück für ihre Familie, ihre Kinder und ihren Mann aufbaute, indem sie viel Geld ins Haus brachte. Und sie kommt mit ihrer Philosophie daher. Und dann auch noch so offen, dass diejenigen, die Freunde für Geld verkauft haben, Gott bestraft werden. Wie konnte sie es wagen! Sie, die Mörderin, Kannibalin, die ihre Mutter gequält hat! Welches Recht hat sie, ihre Freundin in Weiß zu belehren? Und jetzt hängt sie da, in ihrem Zimmer, bei dem ehemaligen Pseudo-Gynäkologen stehen die Augen schon aus den Höhlen.

In der zweiten Sekunde war sie schon oben, um ihre Freundin zu stürzen. Es ist nicht bekannt, woher sie solche Nägel plötzlich bekam, die das Laken zerrissen haben.

Künstliche Beatmung. Der Arzt ist schon da. Er hilft. Die Freundin in Weiß kommt zu sich und schreit.

Alles ist gut. Lebendig.

Was für ein Trend ist das, sich aufzuhängen! Es ist klar, dass die Pressekonferenz nie fixiert ist. Oh, diese Wünsche nach Verständnis, Teilnahme und Mitleid, warum können sie sie nicht normal sehen? Sie ist offen für jedes Gespräch. Sie hat ihre Freundin in Weiß nicht wegen ihrer Habgier getadelt, sie hat alles verstanden, was für ein Leben, was für eine Welt. Aber es ist nicht an ihr zu urteilen. Sie soll sich selbst richten, weise ist derjenige, der nur sich selbst richtet, um es umzuformulieren. Aber die Freundin in Weiß... sie war doch froh, ihrer Freundin in Weiß zu helfen, sie sollte für sich selbst ihren Körper und ihre Sachen verkaufen! Für die Freundin ist es nicht schlimm! Und was ist das für ein Zettel? "Vergib mir, ich bin eine blinde Egoistin, vergib mir, wenn du kannst". Sie versteckt den Zettel. Niemand sollte es erfahren.

Abend. Sie weint ins Kissen. Sie ist fast eine Serienmörderin. Sie hat einen Menschen gebracht. Ihre Freundin. Richtet nicht und belehrt nicht, damit ihr nicht gerichtet werdet.

.

"Gib alles mit Glanz und Glamour, gib mir Glanz und Glamour!" - aus dem Musical «Chicago».

Im Allgemeinen lehrt uns das Leben für allzu gute und allzu schlechte Taten eine Lektion. Sie stellte sich als Richterin dar und bekam, was sie verdiente - fast hätte sie einen geliebten Menschen verloren. Sie hat ihre Freundin gerettet. Jetzt ist sie noch beliebter bei Freunden mit Kameras und bei Freunden in Weiß. Jetzt fragt sie niemanden mehr. Sie wird jedes Mal, jeden Tag, jede Stunde zu Pressekonferenzen geführt. Die Blätter rascheln unaufhörlich in den Händen der Freunde in Weiß. Sie wird zum Podest geführt, fast mit den Händen gezeichnet. Sie wird nicht gefragt, sondern gefordert. Jetzt ist sie nicht nur ein Affe am Meer, jetzt ist sie ein Arbeitstier. Man gibt ihr zu essen, fünf Stunden Schlaf, nicht mehr, und Interviews, Zeichnen, Interviews, Interviews, Graben in ihrer Seele. Sie will nicht. Die Freunde mit Kameras und die Freunde in Weiß sind keine Freunde mehr. Früher freute sie sich, ihnen zu helfen, da diese Papierscheine sie so sehr wärmten, sie pflegte bewusst Gespräche, ließ sich in verschiedenen Posen fotografieren, um noch verrückter zu wirken, damit die Leute es verschlingen, wie die Leute mit

Kameras sagten. Und sie selbst war froh, nicht so einsam zu sein wie die anderen Bewohner dieses Hauses.

Aber jetzt hat sich alles geändert. Sie ist jetzt eine Heldin, die einen Menschen gerettet hat. Tastaturen klappern und verfassen tränenreiche Texte über die reuige Sünderin. Alles ist natürlich richtig, der Fehler, der Vergebung verdient, ist derjenige, in dem der Mensch aufrichtig bereut hat und klar gemacht hat, dass er seine Schuld anerkennt. Aber das tat sie nicht. Sie hat einfach den Fehler begangen zu glauben, dass sie mit ihrem geliebten Menschen für immer eins sein würde, ohne zu bedenken, dass das nicht lange halten würde und er sie nach einer Weile verlassen würde, egal wie sehr sie es versuchte, auf natürliche Weise. Sie hat falsch gerechnet. Darüber bereut sie.

Und doch klappern die Tastaturen. In der freien Welt gibt es Diskussionen, an denen angeblich kluge Menschen teilnehmen: Psychologen, Analytiker, einfache Leute. Journalisten schreiben darüber, wie sie das arme Mädchen befreien wollen, das einen schrecklichen Fehler begangen hat und bereits dafür bezahlt hat. Die Menschen nehmen es auf. Demonstranten und einfach mitleidige Menschen versammeln sich vor ihrem Haus. Sie schreien, sie soll freigelassen werden. Lügen! Niemand braucht sie in Freiheit. Die Leute wollen lesen und mitfühlen oder sie verachten und wollen, dass sie nie freigelassen wird. Die Journalisten wollen für die Masse schreiben, die fremden Schmutz liebt. Aber das Haus wird nie das Huhn freilassen, das goldene Eier legt, sie stellen neue Diagnosen, was nicht schwer ist, denn das Arbeitstier bricht zusammen.

Sie hasst die Einsamkeit, aber auch unter Wölfen geht es ihr nicht gut. Sie schweigt - man stößt sie an, man applaudiert. Sie spricht, man applaudiert. Es geht ihr schlecht, sie will schlafen, man applaudiert. Sie wird verrückt, sperrt mich ein, ich will allein sein, ich kann nicht mehr so leben. Begeisterung! Die Tastaturen klappern schneller. AAAAAAAAH! Sie freuen sich, sie lieben es, sie zu bedauern! Armes unglückliches Mädchen, befreit sie, sie bereut, sie hat bereits für ihre Fehler bezahlt. Wir sind für sie da! Sie sehen, wie schlecht es ihr geht, und kommen in Massen, bedauern sie in ihren Zeitungen zusammen mit der ganzen Welt. Alle empfinden Mitgefühl dafür, wie sie sich selbst herausgefordert und gequält haben, ohne ihr Ruhe und freie Sekunde zu geben. Es gibt keine Ruhe, keine einzige Minute, in der sie nicht überwacht wird. Durch die Fenster: Klick-Klack! Überall sind bereits offene Videokameras, wo sie geht, überall, wo sie atmet, vergiftet von menschlicher Gier und Gier.

Nun, lasst mich doch mal Luft holen, sie ist doch ein Mensch. Gebt ihr zumindest Beruhigungsmittel, wie den anderen Verrückten. Wie lange hat sie ihre wahren Freunde nicht mehr gesehen, Goethe und Kafka. Hier werden sie ständig mit Beruhigungsmitteln vollgestopft, damit sie weniger tun, weniger von ihren genialen Werken schreiben, warum geben sie ihr keine Ruhe, was ist mit ihr anders? Die Sache ist, dass unsere Zeit niemanden für geniale Dichter und Schriftsteller interessiert, niemanden für intellektuell anspruchsvolle Gedanken und tiefen Geist.

Warum? Weil den Menschen heute viel mehr daran interessiert ist, über eine verrückte Liebesmörderin zu lesen und zu sehen, der Unsinn redet, verrückten und dümmsten Unsinn. Die Leute verschlingen es. Nun, langweilige Gedichte und theoretische Prosa können da nicht mithalten. Kunst ist nicht das, was der moderne Mensch heute wählt, wofür er zweimal bezahlt.

8.

Das blaue Himmel, klar und schön, erinnert an lächelnde blaue Augen... oder nicht blau...

Ein Feld. Sie tanzt auf dem Feld. Sie ist allein in einer süßen Zweisamkeit mit der Natur. Ein weißes Kleid ohne Schleife. Die Hände frei. Ein Kranz aus Löwenzahn auf dem Kopf. Sie wirbelt herum und durchschneidet mit den Händen das hohe Gras. Alles ist gut, harmonisch. Der Wind trägt ihr Lied weit, strahlenförmig zur Sonne hin.

Sie möchte der Sonne für Wärme und Licht danken und mehr zurückgeben, aber sie kann es nicht.

Sie kann ihn einfach lieben. Ja, lieben, selbstlos und aufrichtig, treu und wahr, alle Verletzungen verzeihen, Schläge ertragen, darauf warten, dass er zurückkehrt, scheint und geht, um wiederzukommen, denn im Grunde wollte er sie nicht verletzen und nichts Böses tun, um die Seele rein zu lassen. Sie ist weiß.

Sie sieht weiß, aber neben ihr geht sie schon, sie ist schwarz. Lieben? Wen? Na, liebst du ihn? Und dann? Macht es dich warm? Wärmt dich die Liebe? Ja, du hast jemanden zum Lieben gefunden. Dieser Schurke verdient dich nicht, Königin! Nicht mal eine Träne verdient er. Ich werde es beweisen! Wach auf! Du bist nicht die Einzige für ihn, er wird alles nehmen, er hat keinen Geschmack an Frauen, er hat dich nicht verstanden, er wollte sich nicht in deinen wahren Wert vertiefen, er hat nur den Stempel des Wertes deines Vermögens gekannt. Er hat sich als großen Philosophen dargestellt. Wie konnte er nichts tun? Oh, ja, er hat einfach nur genommen, ein wenig rumgespielt und dich dann weggeworfen, einfach so davongelaufen vor der Verantwortung, vor der du ihn gewarnt hast. Er hat deine Ehre verletzt! Ach was, du Dumme, du wirst sehen, du wirst verstehen, dass ich recht hatte, aber dann weine nicht, ich habe dich gewarnt, als er dich zum ersten Mal für seinen eigenen Fehler bestraft hat.

Sie dreht sich um. Und da ist schon die Rote. Leiden, Liebe ist immer Leiden. Es ist alles in Ordnung. Lass es brennen, wie es brennt. Lass es brodeln, wie es brodelt. Ihr werdet beide sehen mit der Zeit. Ich werde euch beide unterstützen.

Die Orangene kichert. Ach, warum seid ihr alle so auf diese Liebe fixiert? Schaut doch, was für ein Wetter! Lasst uns rausgehen!

Die Gelbe. Oh ja! Es gibt doch so viele andere Dinge, mit denen du beschäftigt sein kannst! Lass alle Gedanken los und tanze im Sonnenlichtstrahl!

Die Grüne. Alles ist wunderbar, schau, alles blüht, und auch du wirst erblühen! Gib mir deine Hand! Wir tanzen!

So erscheinen alle Farben und Schattierungen von ihr, der Weißen. Sie werden immer zahlreicher und geben alle Ratschläge, alle wollen sie bei der Hand nehmen, über die Haare streichen, sie sind alle verschieden und doch sind sie Teile von ihr. Sie alle reden gleichzeitig. Sie bittet darum, dass jede einzeln spricht, aber sie hören nicht zu, jeder will genau jetzt sagen, wie sie leben und denken soll. Ja, so viele Farben vereint das weiße Licht. Sie alle schreien. Sie schreien bereits. Sie hält sich die Ohren zu, aber ihre Hände ziehen sie weg... Jede Farbe hat jetzt eine Kamera in der Hand. Sie schreien, sie klicken, sie rennen hin und her. Sie lassen sie nicht verstehen, der Lärm ist wahnsinnig laut. Das ist unerträglich. Das ist unmöglich. Sie schreit.

KRACH! Die Tür ist aufgebrochen, der Arzt stürzt in sein Büro und bemerkt sofort das zerbrochene Glas im Schrank. Sie liegt am Boden. In ihrer Vene ist eine Spritze mit Resten von Beruhigungsmitteln. Sie wollte nur Frieden, deshalb ist sie geflohen. Feinde mit Kameras haben sie bereits umzingelt und klicken. Sie liegt in einem weißen Kleid, ganz weiß von außen...

9.

Jeder von uns hat seine eigenen Probleme, einige davon teilen wir auch trotzdem nicht mit nahestehenden Menschen. Es gibt Dinge, die wir einem geliebten Menschen erzählen möchten, aber aus irgendeinem Grund ist er entweder beschäftigt oder aus anderen Gründen nicht in der Lage zuzuhören. Es gibt Geschichten, die jahrelang dauern und das Opfer nicht loslassen, Opfer ertragen viel. Sie verarbeiten und wollen dann teilen... aber wenn sie nicht gehört werden, wird die Person, die nicht zugehört hat, zum zweiten Opfer. Genau das gleiche. Auf diese Weise überträgt sich der Groll wie das Domino-Prinzip. Wenn das zweite Opfer nicht versteht, was das Problem des ersten Opfers ist, wird es unterbewusst nach Opfer Nummer drei suchen. Solche wichtigen Dinge, die man aussprechen muss, wenn einem der Mund verschlossen wird und man nicht weiß, warum, müssen aufgeschrieben werden. Briefe werden sowieso irgendwann gelesen und besser verstanden. Andernfalls entstehen Missverständnisse.

Und man möchte irgendwohin gehen, wo es ruhig ist, mit einer leichten Brise und Erholung.

Und das sind alles Liebesgeschichten. Was für ein Unsinn!

Jeder Stern hat das Recht auf Ruhe, und dann das Comeback. Aber zuerst Ruhe. Allein mit einem persönlichen Psychologen-Psychotherapeuten. Zum Meer, auf eine kleine entfernte Insel, damit sie nicht weglaufen kann und bald wieder anfangen muss, Geld für das Zuhause zu verdienen, wo sie gefüttert wird.

Leichte Brise, Sonnenuntergang. Sie steht im flachen Wasser und wischt mit den Zehen Porträts ihr liebster Menschen. Eine neue Welle streichelt ihr Bein und wischt bekannte Gesichtszüge weg, nimmt traurige Gedanken mit. Das Wasser wird rosa, der Sonnenuntergang kommt. Sie möchte nirgendwohin, keine Anstrengungen unternehmen, sondern einfach dem warmen abendlichen Meer erlauben, sie zu streicheln und schöne Melodien zu pfeifen.

Das schöne, lange rot-blaue Kleid ist bereits durchnässt, aber sie freut sich, es neben dem Bett aufzuhängen, damit das Meer in der Nacht näher erscheint. Das Kleid passt perfekt zur Farbe des Sonnenuntergangs. DieEinsamkeit einer schönen, unschuldigen Frau mit dem Meer und der untergehenden Sonne.

Ein neuer Freund, der einzige, mit dem sie an diesem wunderschönen Ort ist, kommt von hinten, legt ihr ein Handtuch über die Schultern, damit sie sich nicht erkältet. Sie gehen ins Häuschen. Dort steht bereits abgekühlter Minztee. Neben dem Bett liegt ein Buch, "Deniskin's Geschichten" von Dragunsky. Das Lesezeichen liegt auf der Geschichte "Das Geheime wird offenbart", aber daran wird sie später denken. Und jetzt gibt es warmen Tee und warme Gesellschaft, Glück.

Der Freund spricht mit ihr über alles, schaut ihr in die Augen und wendet den Blick nicht ab. Ein ehrlicher Freund. Bis zur Rückkehr in die Hölle bleiben noch etwa zwei Wochen...

Sie ist schön, das weiß der Freund. Sie ist außergewöhnlich, versteht er. Sie ist gefährlich, denkt er. Sie ist originell, er weiß. Sie kann sowohl Dämon als auch Prinzessin sein, sowohl eine schwarze Kröte als auch eine Rose. Aber sie wird nie mit jemandem sein, den sie nicht für immer in ihrem Leben sieht. Es wird eine einsame Freundschaft sein. Das ist nicht wenig. Sie ist gefährlich, vielleicht sollte sie es nicht... aber das Herz schlägt bereits anders. Er weiß, dass sie nicht ihn liebt, sie ist mit ihrem Freund offen und ehrlich, wie mit allen, die es nicht einmal verdienen, aber im stolzen Männerherz entsteht der natürliche Wunsch, das zu erobern, was sich abwendet...

10.

Täuscht sie sich selbst? Täuscht sie ihn? Sie stehen da und bewundern den Sonnenuntergang im Wasser. Ihre Schultern sind mit einem Handtuch bedeckt. Warum das? Schließlich tat es ihr vor kurzem so weh, und jetzt wird sie ihm wehtun... mit dieser Romantik, diesem nach heutigen Maßstäben leichten Flirt. Ihre Haare spielen mit der Farbe des Sonnenuntergangs, sie sind rot und verschmelzen mit seinen blonden Strähnen. Er denkt noch nicht darüber nach, warum das so ist. Sie hat so lange darauf gewartet, auf Liebe, auf eine wahre Anerkennung... aber es ist nicht so einfach, nicht so einfach wie gedacht.

Es wäre ein märchenhafter Kuss gewesen. Aber sie kann nicht. Denn damit würde sie später demjenigen, der ihr nicht gleichgültig ist, noch mehr Schmerzen zufügen. Sie stößt ihn weg und rennt davon. Er geht in die Hütte. Schweres Herz.

Warum ist das immer so? Warum ist es in der Natur verankert, dass man das nicht will, was wirklich für einen bestimmt ist, das, was man sein ganzes Leben wirklich wollte? Was für eine Kraft des Widerstands ist das?

11.

"Ich glaube an Jah, ich glaube an die Liebe, ich glaube an das Gute und werde das glauben." (c) Ljapis Trubezkoi - Ich glaube

Ja, das bedeutet, warum nicht? Ich wünsche allen Glück, das ist schon Tantra. Sie schenken sich gegenseitig Glück, indem sie tantrische Praktiken ausüben. Weißes Tantra. Höheres Bewusstsein. Er liebt sie, er schenkt ihr Wärme und Güte auf dieser Insel. Er will sie um jeden Preis befreien... In seinem Kopf gibt es bereits einen Plan...

Jeden Moment entstehen im Geist eines Menschen mehr als 1000 Gedanken. Oft lassen wir unseren Verstand und unsere Gedanken über uns herrschen, was zu impulsiven Entscheidungen, gegenseitigem Unverständnis und einem Zustand des Stresses führt, den wir selbst erschaffen.

Wenn jeder Moment Ihres Lebens von Klarheit erfüllt ist, entwickeln Sie ein tiefes Verständnis für sich selbst, und dann finden wirklich Veränderungen im Leben statt. Geist, Körper und Seele wirken als Einheit. Dies ist der Weg zur persönlichen Freiheit und Bewusstheit, der Erfolg in allen Bereichen Ihres Lebens bringen wird.

Der Text ist aus dem Internet. Unklar mehr woher. Sie hält daran fest.

Die Tänze auf den Gräbern

Sie tranken Alkohol und rochen manchmal an Substanzen. Am Rande einer kleinen Stadt am Meer. Im Sommer gingen sie an eine kleine Bucht, wo es keine Touristen gab und schissen und urinierten in der Nähe. Die Touristen waren sehr arm, aber jedoch hatten sie mehr Geld und es wurde genutzt. An dem Strand verkaufte man alles, was nicht teuer war. Die Preise konnte man nur mäßig anheben. Der arme Affe und die Schlange wurden zum Foto-Schießen eingesetzt und nur zur Arbeitszeit ordentlich gefüttert. Bier und schlechte Musik, ein einziges Hotel, ansonsten Wohnungen der Bewohner. Und als die Saison vorbei war, traf man sich auf einem Spielplatz, trank Wodka zusammen mit dem Bier und machte Groß und Klein hinter der Rutsche. Wenn es kalt wurde, zogen die Bewohner in ihre Wohnungen.

Die Kinder holten Nachschub, ansonsten waren sie still, sie hatten still zu sein. Manchmal wurden sie mit an den Tisch gezogen und lernten mit höchstens sieben zuerst, wie man richtig Wodka trinkt. Jungs ergatterten ihren ersten Respekt, die Mädchen wurden als Frau bewertet und hatten Glück, von einem guten erwärmten Onkel manchmal nicht sexuell angegriffen zu sein.

Erst blieb jemand mit der Mutter und jemand hatte mit ihr lauten betrunkenen Sex. Dann zog jemand seine Hose hoch und ging nach Hause. Sie stand auf, nahm die Reste

aus der Flasche, und rannte auf die Toilette, wo sie immer fast starb. Dann rief sie ihre Tochter und sagte, was zu tun ist. Am nächsten Morgen wusste die Mutter nichts davon. Das Mädchen sollte aber trotzdem still sein und nicht aus dem Hinterzimmer zu schauen. Ein Leben lang. Auch wusste die Mutter nichts von ihrer Dissoziativen Persönlichkeitsstörung. Immer, wenn sie betrunken aus der Toilette kam, war sie nicht mehr sie selbst. Sie ging anders, sie sprach anders. Oft wie ein sehschwacher Mann, der ständig nach seiner Brille suchte und sehr stark fluchte. Das Mädchen zählte sieben Menschen, die in ihrer Mutter lebten, obwohl sie sie doch nicht alle kannte, weil in solchen Momenten sie versucht hat, von zuhause zu fliehen. Manchmal viele Tage hintereinander. Es war allen egal, außer den älteren Damen auf der Sitzbank in der Nähe. Sie fluchten und beleidigten das Mädchen wegen ihren gerissenen Klamotten und allgemein über ihr ungepflegtes Äußeres. Sie roch auch sehr nach Schweiß.

Die Feierlichkeiten gingen weiter und weiter. Und weiter und weiter. Und weiter. Die Sonne versteckte sich im Meer. Die Kinder wurden erwachsen. Die Kinder wurden zum Sand von den Schlägen, die Eltern starben. Auf den Gräbern der Mütter und Väter wurde Wodka getrunken und getanzt.

Vassilina und die Arbeit im russländischen Fernsehen

Von einer richtigen Freundin zur Feindin

.

1. Bekanntschaft.

Dies ist eine wahre Geschichte. Mit echten Namen.

.

Ich lebe seit 18 Jahren in Deutschland. Ich schätze Menschen mit einem hohen Maß an Menschlichkeit sehr. Solche Menschen ziehe ich gerne als Freunde an. Meine damalige Freundin, mit der ich vereinbart hatte, nach St. Petersburg und später nach Moskau zu fliegen, ließ mich im letzten Moment im Stich.

.

In Moskau kannte ich niemanden, und eine Bekannte fragte ihre Freunde nach einer Unterkunft für mich. Die wunderbare Vassilina meldete sich. Sie war sogar erkrankt, nahm mich aber trotzdem auf. Wir wurden, könnte man sagen, sofort Freundinnen. Ich kaufte Medikamente, Essen und versuchte irgendwie zu helfen. Extra aus Charkiw reiste meine enge Freundin Katja an, um mit mir spazieren zu gehen. Sie konnte bei einem Bekannten unterkommen, nur damit ich nicht allein durch Moskau spazieren musste. Das war im September 2013.

.

Ich hatte auch die Ehre, Vassilinas Mutter kennenzulernen. Ich habe aus Versehen mit dem Stuhl geknarrt und Vassilina damit in Schwierigkeiten gebracht. Die strenge Mutter bat darum, den Laptop zu drehen, um mich anzusehen. Sie schaute mich abschätzig und unfreundlich an. Ich glaube, Vassilina bekam wegen mir Ärger.

.

Damals drehte diese liebenswürdige junge Frau Filme und manchmal Popmusikvideos. Sie war sehr stolz auf ihren Film über Sergej Michailowitsch Proskudin-Gorski, der die Farbfotografie erfunden hatte, aber in seiner Heimat nicht gewürdigt wurde. Er entwickelte sein Werk im Westen weiter. „So ist es bei uns immer...", seufzte meine Freundin nach dem wir uns den Film gemeinsam angesehen haben.

2. Mein Gaststudium an der Lomonossow-Universität

Wir setzten unsere Kommunikation fort. Vassilina war ehrlich zu mir und erzählte mir von ihren Gefühlen für einen älteren Mann, ich glaube, er hieß Sascha. Damals wusste ich noch nicht, was toxische Beziehungen sind, aber sie hatte eine toxische Fernbeziehung. Ich unterstützte sie, so gut ich konnte, da ich selbst schon eine psychiatrische Diagnose aufgrund einer toxischen Beziehung und einer daraus folgenden Vergewaltigung erhalten hatte. Es ging ihr schlecht, und deshalb auch mir. Daher freute ich mich sehr, als ich erfuhr, dass ich im Rahmen meines Studiums ab September 2014 ein Praktikum an der Lomonossow-Universität in Moskau machen konnte.

Eines Abends im November 2013 sprachen wir, wie so oft, über Skype. Sie weinte und erzählte, dass es im Fernsehen keinen echten Journalismus mehr gibt und dass alles gesäubert wurde.

Im Sommer 2014 flog Vassilina mit ihrer Mutter auf die Krim, um ein Statement zu setzen.

Im Herbst 2014 kam ich für ein halbes Jahr zu meinem Praktikum nach Moskau. Wir trafen uns oft und hatten viel Kontakt. Eines Abends gestand sie mir, wie schlecht es ihr damit ging, dass sie 25 Jahre alt geworden war. Ihre Mutter setzte sie unter Druck, indem sie betonte, dass sie in diesem Alter schon ihre zweite Doktorarbeit schrieb, während Vassilina bei einem kleinen Fernsehsender arbeitete, der kaum Reichweite hatte.

Vasilinas Mutter war eine überzeugte Patriotin. Als der Dollar stark anstieg, lachte sie und tauschte all ihre Ersparnisse in Rubel um. Und auch Vasilina dachte so. Damals hörte ich zum ersten Mal, dass Vasilina davon träumte, bei Russia Today zu arbeiten. Ich wusste damals nicht, was das bedeutete.

In dieser Zeit begann meine Freundin ein Fernstudium und strebte nach Wissen.

3. Boris Nemzow

Am 27. Februar 2015 kam ich zu einem Konzert der Samoilow-Brüder unter der legendären Band „Agata Christie“, die für viel Geld wieder überredet wurden, gemeinsam aufzutreten. Ich ging mit einer anderen Freundin hin und kam erst sehr spät zu Vassilina zurück.

Am Morgen erhielt ich das bekannte Meme „Welche Farbe hat das Kleid?“ und brachte das Tablet in die Küche, um Vassilina zu fragen, welche Farbe sie sieht. Doch Vassilina saß mit dem Kopf auf der Hand gestützt und weinte. Das war das erste Mal, dass ich den Namen „Boris Nemzow“ hörte. Sie erzählte von ihm, sie kannten sich aus der Universität, wo er Vorlesungen hielt. Er wurde am 27. Februar 2015 ermordet. Meine Freundin trauerte sehr.

4. Vassilina zu Besuch in Halle. Ende 2018

Wir blieben weiterhin in Kontakt. Endlich nahm sich meine Freundin Zeit und beschloss, mich für fünf Tage zu besuchen. Gleichzeitig kamen auch Freunde aus Charkiw zu mir: meine Freundin Lena, ihr Mann Ilja und ihr Sohn Artjom. Ich hatte sie vorgewarnt, dass Vassilina Nachrichtenproduzentin bei einem regierungsnahen Fernsehsender war. Ich erklärte, dass wir alle uns irren können und niemanden verurteilen sollten, denn wer weiß, auf welcher Seite des ukrainisch-russischen Konflikts wir stehen würden, wenn wir unter anderem Einfluss geboren wären.

Meine Freunde waren einverstanden. Als ich Vassilina abholte, begann sie sofort, mich mit „Fakten“ zu bombardieren, dass Poroschenko Stepan Bandera angeblich zum Helden der Ukraine gemacht habe. Ich sagte nur, dass, wenn sie es nicht selbst gesehen und gehört habe, sie sich mit solchen Aussagen zurückhalten sollte, da der Präsident der Ukraine der russischen Propaganda nie ein solches Geschenk machen würde.

Wo immer wir hingingen, wiederholte Vassilina übertrieben oft, dass sie Journalistin sei und objektiv berichten könne. Ich hatte diese Themen gar nicht angesprochen.

In einem Moment begann sie, die Arbeit der deutschen Boulevardzeitung Bild zu loben, die schnell Informationen an die Leser liefert. Im Fernsehen wurde dies als Beispiel genannt. Ich war erstaunt: „Und was ist mit der Qualität?“ Vassilina sagte: „Ja, aber mit guter Qualität.“ Auf die Frage, wie das möglich sei, herrschte Stille.

Und so eröffneten wir das politische Thema. Aber friedlich. Wir erklärten, warum der Donbass zu dem wurde, was er ist. Doch offenbar konnten wir die Workshops für die Mitarbeiter des russischen Fernsehens nicht übertreffen. Trotzdem lachten wir, machten Witze und malten sogar gemeinsam ein ironisches Bild. Und filmten das alles.

5. Der Krieg

Seit ihrem Weggang hatten wir nur wenig Kontakt. Vassilina arbeitete sehr viel. Trotzdem interessierte ich mich für sie und gratulierte ihr immer herzlich zum Geburtstag. Meiner Meinung nach blieben wir enge Freundinnen, und ich freute mich, wenn ich sah, dass sie stolz auf ihre Arbeit war. Ich hielt keine moralischen Vorträge. Es reichte mir, dass sie sich meiner Meinung nach einfach verirrt hatte, denn früher war alles gut gewesen.

Am 24. Februar 2022 saßen Lena, Ilja und Artjom unter Beschuss im Keller. Wir kommen aus dem Stadtteil Pjatichatki in Charkiw, dem ersten Stadtteil von der russischen Grenze aus. Tagsüber standen wir mit den Ukrainern auf dem Platz und weinten. Ein ganzer Platz voller Menschen. So viel Solidarität.

„Liebe Vasilina, wenn du ein paar Minuten Zeit für ein Gespräch oder eine Sprachnachricht hast, kannst du mir deine persönliche Meinung zu den heutigen Ereignissen mitteilen? Mir ist deine Meinung wichtig, ich werde nur zuhören, ohne Kommentare und ohne Vorwürfe, das verspreche ich. Denn du bist mir wichtig“, schrieb ich ihr.

Als Antwort kam nichts. Ich versuchte es über andere Messenger.

In der Zwischenzeit schrieb Lena auf Instagram ihr Testament, in dem sie sagte, dass sie bombardiert würden und dass sie geborgen und beerdigt werden sollten. Ich hatte einen Nervenzusammenbruch. Ich machte einen Screenshot und markierte Vassilina. Diesmal nicht in einem ruhigen Ton wie zuvor.

Die Antwort war Stille. Sie blockierte mich auf WhatsApp.

Als Marina Owsjannikowa in den Nachrichten hinter der Nachrichtensprecherin Ekaterina Andrejewa mit einem Anti-Kriegs-Plakat auftauchte, entschied ich mich zu überprüfen, ob meine inzwischen ehemalige Freundin Vassilina meine Beiträge noch las.

Ja. Obwohl sie nicht auf meine Nachrichten antwortete, verfolgte sie weiterhin meine Beiträge. In dem Beitrag über den Protest von Marina Owsjannikowa wandte ich mich direkt an sie.

Vassilina blockierte mich auf VK und Facebook. Ohne ein Wort. Wahrscheinlich wusste sie schon im Voraus von dem Krieg und entschied das zu tun, wofür sie ihren Lohn bekommt.

Printed in Poland
by Amazon Fulfillment
Poland Sp. z o.o., Wrocław

38399064R00068